居酒屋ぼったくり

おかわり!

秋川滝美 Takimi Akikawa

目次

大根と厚揚げの合わせ煮

青椒肉絲

手羽先スペシャル

夏野菜の煮浸し

肉じゃが（塩味）

繋がる出会い

とある夏の日の出来事

――畜生！　なんでこんな日に限って電車が止まりやがるんだ！

山川智紀（やまかわともき）は車内放送を聞いたとたん、目の前の窓ガラスを殴りつけたくなった。

もちろん、そんなことをしても自分の手が痛いだけで、強化ガラスはびくともしない。そもそも、ものに八つ当たりできるような性格ではない。

思えば、今日は朝からことごとくついていなかった。

今日は生ゴミの回収日。ゴミ出しは自分の仕事なのに、寝坊して慌てたせいで出し忘れた。ゴミが溜まっていなければよかったのだが、昨日覗いたゴミ箱は満杯に近く、さらに昨夜は魚料理だった。天気予報はこれから一週間、猛暑日が続くと言っていたので、放置した場合にどんなことになるかは想像に難（かた）くない。

おそらく、ゴミが残っていることに気付いた妻が出してくれるとは思うが、小言めいた台詞をもらうのは必至だ。案の定、電車の中で受け取ったSNSのメッセージには、人を脅すように両手を掲げたクマのスタンプ……添えられた台詞は『ガオー！』だった。

ただ、こういうスタンプを送ってくるのはコミュニケーションの一種で、妻も本気で怒っているわけではない。むしろ、お互いに仕事を持つ身だし、多忙と疲れでうっかり忘れることもある、というスタンスでいてくれる。おかげで、ゴミの出し忘れぐらいで夫婦喧嘩に発展することはないが、やるべきことができなかった自分自身を許せない気持ちが募った。

さらにゴミを出したあと、いったん家に戻って手を洗い、子どもを保育園に送る妻の姿を想像して一層落ち込む。

ゴミ袋の外側を掴んだところで、手がそれほど汚れるわけではない。自分なら子どもと一緒に家を出てゴミを捨て、そのまま出勤する。だが、妻はゴミ袋を持っていた手で子どもの手を引いて、あるいは鞄を持って……というのが不快なのだろう。

そんな妻の細やかさは、家庭を温かく心地よいものに保ってくれている。だからこそ、自分でゴミを出せず、妻に負担をかけてしまったことが悔やまれるのだ。

智紀はとりあえず、平謝りしているペンギンのスタンプを返し、会社に向かった。そして、到着したとたん待っていたのは、立て続けのクレーム。

正真正銘自分の責任だと思うものが一件、部下の尻ぬぐいが一件、どう考えても理不尽としか思えないとばっちりが一件……

それらを処理し、通常の業務を始められたのは午後も遅くなってからで、当然作業は『押せ押せ』。就業時間内に終わるはずもなく、残業の憂き目を見た。

遅くなると妻に連絡を入れると、子どもたちを連れて実家に行ってきてもいいか、と訊ねられた。

彼女の実家は、今住んでいる家から電車で三十分ぐらいのところにある。最近ちょっと父親の体調がよくないとのことで、ときどき様子を見に行きたいと考えるのは当然だった。

明日は土曜日で、妻の仕事も休みである。どうせなら泊まってきてはどうか、という提案をしてみると、妻はこちらの夕食の心配をしたものの、実家に泊まることを選択した。やはり自分自身、そして子どもたちを父親と過ごさせたいという気持ちが勝ったのだろう。

『カレーとご飯が冷凍してあります。ポテトサラダも作ってあるからそれも』というメッセージが来たあと、追いかけるようにまた一通。なにかと思えば、『でも、疲れているならどこかで済ませてきても』というものだった。

普段は家族、あるいは夫婦でご飯を食べているだけに、ひとりの食卓は寂しいのではないか。解凍するだけとはいえ、残業後では食事の支度も辛かろうという妻の配慮だった。

ひどい一日だったが、少なくとも自分にはこうして思いやってくれる妻がいる。その事実に助けられながら、その日の作業をなんとか終わらせ、電車に乗り込んだ。

ひとりの食卓は寂しいけれど、妻が作ってくれたカレーが食べたい。そんな思いで家路を急いだのである。

ところが、ある駅に停車したところで電車が動かなくなった。アナウンスによると次の駅で人身事故があり、復旧までしばらく時間がかかるとのこと。

次の駅まで行けば違う路線に乗り換えられるし、それがもともとの通勤ルートでもある。とはいえ、このまま動かない電車に乗っているのは馬鹿馬鹿しい。そこで智紀は電車を降り、次の駅まで歩くことにした。

調べてみると、バス通りから小さな商店街を抜けていくのが一番近道らしい。たとえ道を知らなくても、今はスマホで調べられる。便利な世の中になったものだ、と感心しつつ、智紀は歩を進めた。

——夜になっても暑いなあ……喉が渇いて仕方がない。お、居酒屋がある。ちょっとビールでも引っかけて……いや待て、なんて名前だよ！

暖簾（のれん）にくっきりと染め抜かれた店名は『ぼったくり』。

とてもじゃないが、ひとりで暖簾をくぐる気にはなれない。

けれどその時点で時刻は午後十時。腹の虫は限界に近い悲鳴を上げているし、周りに食事ができそうな店は他に見当たらない。こんなことなら駅前でラーメンの一杯でもすすり込んでくればよかった、と後悔しても後の祭り。なにせ、改札を出た時点ではそこまで空腹を感じていなかった。商店街まで歩く二十分ぐらいの間に、急激に腹が減ってきてしまったのだ。

渇いた喉にビール、あとは枝豆かポテトフライ、そして唐揚げ……それぐらいで止めれば、ぼったくり料金にしてもそう大変なことにはならないだろう。カレーは帰宅してから、あるいは、どうせ妻たちは実家に泊まるのだから、明日の昼にでも食べればいい。

かくして智紀は、物騒な名前が書かれた暖簾をくぐることにした。

「いらっしゃいませ」

カウンターの向こうから、店主らしき女性がにっこり笑って声をかけてきた。

「カウンターでよろしいですか？」

おしぼりをホットキャビネットから出しながら、もうひとりの女性が椅子をすすめる。店は小さく、椅子の数も少ない。カウンターと小上がりを合わせても十五人入れるかどうか、どうやら店員もふたりきりらしい。

その時点で客は誰もいなかった。やはり店名が『ぼったくり』では、二の足を踏むのだろう。入ってくるのはよほどの物好きか、自分のように空腹に苛まれた一見ばかり。最大限にぼったくられて再来なんてもってのほか、という店に違いない。

この人の良さそうに見える女性たちも、一皮剥けば客の財布の中身にしか興味がないタイプに決まっている。

——唐揚げはなし、ビールと枝豆だけにして逃げ出そう！

智紀はそう決意し、恐る恐るすすめられた椅子に座った。即座におしぼりと箸置き、そして箸が並べられる。続いて、お通しの小鉢……

——このお通しでいくら取られるんだろう……

不安はマックス、だがどうせ金を取られるなら食べない法はない。小鉢の中にあったのは、角切りにした大根と厚揚げの合わせ煮。てっぺんに散らした小ねぎの緑が目に染みるようだった。しかも、お通しなんて冷え切った料理を出す店がほとんどだというのに、ちゃんと湯気が上がっている。

意外に思いながら口に運んでみると、大根から染み出す出汁(だし)の濃さに圧倒された。昆布か鰹節(かつおぶし)、あるいはその両方かもしれない。とにかく、普段は忙しくて粉末出汁を使いがちな妻が、ここ一番というときに丁寧に取る出汁と同じ、いやもっと濃厚な味がした。

「旨い……」

そう呟いたとたん、引き戸が勢いよく開いて、ひとりの男が入ってきた。

「こんばんは！」

「あ、ケンさんいらっしゃい！」

「え……あれ……？」

「へ……？　あ、ヤマちゃん！」

驚いたことにそれは同じ会社に勤める、しかも同期の富田賢太郎(とみたけんたろう)だった。部署こそ異なるが、新人研修のときに同じ班に割り振られた関係で、顔を合わせれば二言三言話はするし、何度か呑みに行ったこともあった。

富田は嬉しそうな顔で、早速智紀の隣に席を占める。

「なんだ、なんだ、どうしてヤマちゃんがこの店に？　もしかして俺が来そうだなって嗅ぎ当てたのか？」

「そんなすごい技は持ってないよ。人身事故で電車が止まっちゃって……」

そこで智紀は、自分がこの店に来た経緯を説明した。

「あ、なるほど、そりゃ災難だったな。じゃあ、俺が降りた直後に止まったんだな」

智紀よりも先に駅に着いたが、駅前で本屋に寄ってたんだ、と富田は言った。

「ま、俺の場合はもともとこの店に来るつもりだったから、問題ないけどね」

「もしかして、ケンさんはこの店の常連なの？」

そこで智紀はカウンターの向こうにいる女将を見上げた。女将は相変わらず柔らかい笑みを浮かべて答える。

「ええ。いつもご贔屓にしていただいてます」

「……意外」

「だろうな。こんな会社からも家からも遠いような店になんで、って思うよな」

「こんな得体の知れない店に、じゃないの？」

おしぼりを出してくれた女性がそんな軽口を叩く。どうやら女将とは異なり、遠慮のない性格のようだ。

「馨（かおる）ちゃん、得体の知れない店って自分で言うなよ」

「だって、こちらのお客様も見るからにおっかなびっくりだったもの。ケンさんのお知り合いだったんだね」

「うん、会社の同期。わりといいやつ」

「わりと……」

がっくりとカウンターに突っ伏した智紀を見て、富田は大笑いした。

「嘘、嘘。かなりいいやつだよ。礼儀正しいし、情に厚い。おまけに愛妻家」

「じゃあ、ケンさんと同じですね」

「お、美音（みね）ちゃんわかってるなあ！」

「で、ケンさんはなにを呑まれますか？　あ、こちら様もなにか……」

富田の注文を取るついでに、店主は智紀にも訊ねてきた。

智紀は店に入るなりビールを注文したが、中瓶だったそれは、ほとんど空になっている。何度か呑みに行ったときの経験によると、確か富田は『とりあえずビール』派だった。ここは自分もお代わりをもらってビールで乾杯……と思っていると、富田は意外なことを言った。

「美音ちゃん、実は俺、腹ぺこなんだ。なにか腹に溜まるものとそれに合う酒をちょうだい」

「和、洋、中、どれがいいですか？」

「そうだな……気分は中だな」

「了解です」

そう言うと女将は、今度は智紀を見た。おそらく注文を待っているのだろう。

腹が減っているのは同じ、居酒屋で『中』という選択も珍しくていいかもしれない。ということで、智紀の答えは一択だった。

「俺にもケンさんと同じやつを」

「わかりました」

そして美音という名の女将は、酒専用らしき冷蔵庫の扉を開け、一本の酒瓶を取り出した。

富田が嬉しそうな声を上げる。

「おーさすが美音ちゃん、中華料理に日本酒を合わせてきたか」

「一口に日本酒と言っても味は千差万別。どんなお料理にも合わせられるぐらい、日本酒は幅が広いんですよ」

「だよなあ……。この店に通ってると、つくづくそれを思い知らされるよ」

そして富田は、疑わしげな目で見ている智紀に言う。

「この店にはビールも焼酎（しょうちゅう）もウイスキーもあるんだけど、この女将はなかなか通り一遍（いっぺん）の組み合わせで出してこないんだ。揚げ物にはビールだろう！　と思ってても、あえて日本酒、それも発泡性やすっきり系の生酒（なまざけ）を出してくる。で、それは無理だろう、なんて疑いながら呑んでみると、これがぴったり」

もう自分で考えるのが馬鹿馬鹿しくなるほどだ、と富田は女将(おかみ)の酒選びを絶賛する。さらに、料理について言及するのも忘れない。

「でもって、料理もすごいんだ。本人を前にして言うのはちょっと憚(はばか)られるけど、本当にどこの家でも出てきそうな料理ばっかり。簡単で、食材だって特に凝(こ)ったものは使わない。それでいて、家では絶対食えないような味なんだ」

「へえ……」

　それ以外、智紀に何が言えただろう。確かにお通しには驚かされたが、智紀にはすんなりビールが出された。だがそれは、富田に言わせると、初見の客の好みなんてわからないんだから注文どおりに出すのが当たり前、何度か通っているうちにこちらの趣味嗜好を掴んで、気に入りそうな酒を出してくれるようになる、とのこと。いずれにしても『本番はこれから、乞うご期待』状態らしい。

　曖昧(あいまい)に頷いた智紀の気持ちを察したのか、富田は視線をカウンターの向こうに戻す。それを待っていたかのように、女将の説明が始まった。

「こちらは『奥播磨(おくはりま)　純米スタンダード』、兵庫県姫路(ひめじ)市にある下村(しもむら)酒造店が造っているお酒です。『奥播磨』にはたくさんの種類がありますが、これは下村酒造店が一番最初に造った純米酒なんです。辛口で微かな酸味とフルーティな香りを持っていますから、中華料理にもぴったりです」

女将は自信たっぷりにすすめてくる。それなら……と一口呑んでみて、智紀は首を傾げた。

――辛口……かなあ……？

口に含んだ瞬間感じたのは、日本酒特有の甘みだった。これを辛口というのはいかがなものか、と女将を見上げる。だが、彼女は平然と野菜や肉を刻んでいる。そして口の中の酒を呑み下した瞬間、女将の自信たっぷりな笑顔の意味がわかった。

「味わいが変わった……」

「でしょう？」

女将が目を上げて満足そうに頷いた。

最初は甘いと感じた酒なのに、後味は微かに辛い。いったいどうしてそうなった？　と問い詰めたくなるが、とにかく呑み込んでみれば確かにこの酒は『辛口』だった。

甘口から辛口に変化する酒を楽しんでいる間に、女将（おかみ）はフライパンを取り出し、下味をつけた肉と千切りのピーマン、タケノコを炒め出した。どうやら作っているのは青椒肉絲（チンジャオロース）らしい。

「はい、お待たせしました」

皿の上にはたっぷりの青椒肉絲がのっている。ふたり分にしても多すぎるのではないか、と思ったが富田は大喜びだ。

「青椒肉絲か！　じゃあ、ご飯ももらわなきゃ」

青椒肉絲ほど白い飯にぴったりのおかずはない、と富田は身を乗り出すように飯を注文した。

ところが女将は後ろにある炊飯器に目をやったあと、富田に向き直って言う。

「ご飯、もうちょっと待っていただいていいですか？」

「え、飯がないの？」

「いえ……あるにはあるんですが、もう少しで炊きあがる分があるんです。炊き立てのほうがいいでしょう?」

「おいおい、そんなにぶっちゃけてどうするんだよ」

それでは先に炊いた分が残ってしまう。黙ってあるものを出せばいいのに、と富田は苦笑いをする。けれど、女将ももうひとりの女性も全然気にしていなかった。

「残ってる分は雑炊にでもチャーハンにでも使えるよ。せっかく炊き立てがあるんだから、そっちを食べたほうが絶対いいって」

だからもうちょっとだけ……と言った瞬間、炊飯器がピーピーと炊きあがりを知らせた。

「よかったー、グッドタイミング！　これなら青椒肉絲が冷めないうちにご飯と一緒に食べられるね！」

　めでたしめでたし、なんておとぎ話の最後のような台詞で女性は頷いている。

だがそこで、富田のグラスを見た女将が、思案顔になった。

「でもケンさん、もうご飯にしてしまって大丈夫ですか？　まだお酒も残っているし……」

「ご心配なく。俺、飯を食いながら酒を呑んでも平気な人なの。だから、その炊き立て飯、早くちょうだい」

　そして富田は、湯気が上がっている青椒肉絲を小皿に取り、早速食べ始めた。

「あー旨い……胃に沁みる……」

　富田が『感嘆』としか表現しようのない声を上げた。慌てて智紀も食べてみると、それは有名中国料理店にも引けを取らない味。とてもじゃないがこんな小さな居酒屋が出す料理とは思えなかった。

「この肉、なんでこんなに柔らかいんだ……」

家でも青椒肉絲は頻繁に出てくる。野菜が高騰しているときでも、ピーマンは比較的価格が安定しているし、栄養もたっぷりで使いやすい。青椒肉絲にするとボリュームもあって十分主菜になるから、というのが妻の言い分だ。だが、家で出される青椒肉絲の肉はもっと固いし、こんなにツルツルした食感ではなかった。

「うん。うちのもこんなじゃない」

首を傾げている智紀に、富田も同意してくれた。ところがそのあと、彼はぎょっとするようなことを訊ねた。

「目茶苦茶いい肉……なわけないし、なにか秘訣があるの？」

いい肉を使っていないと断定するのはどうかと思うし、そもそも飲食店でそんなことを訊ねても、教えてくれるわけがない。少なくとも智紀が知っている飲食店は、料理の秘訣についてぺらぺらしゃべったりしない。それはちょっと企業秘密なんで……なんてごまかされるのが常だった。

だが、この店の女将には『企業秘密』という概念そのものがないらしい。あっけなく秘訣を披露してくれた。

「秘訣はお肉の下拵え(したごしら)です」

「下拵え？　それってあらかじめ味をつけて片栗粉をまぶして、ってやつだろ？」

　うちのかみさんもちゃんとやってるよ、と富田は言う。確かに智紀の妻も、青椒肉絲(チンジャオロース)を作るときはそういった作業をしていたような気がする。智紀自身は青椒肉絲を作ったこともないし、妻が作るところをじっと見ていたこともない。ただ、冷蔵庫に飲み物を取りに行ったとき、そんなことをしていたような記憶があるだけだ。

　富田は、智紀よりはちゃんと見ていたようで、さらに質問を重ねた。

「肉を柔らかくするためには酒がいいって、うちのもたっぷり入れてた。粉だって丁寧にまぶしてたしさあ……でも違うんだ。美音ちゃん、絶対他にもなにかやってるよな？」

「なにか……ってほどじゃないんですが、うちでは卵を使ってます。下味をつけて、片栗粉をまぶす前に溶き卵を絡めるんです。そうすることでお肉は柔らかくなるし、炒めたときにお肉同士がくっつかなくなりますよ」

ついでに、本当はあらかじめ材料を油で揚げるのだが、それが面倒な場合は、肉だけでも別に炒めておくといい。その場合は、あえて低めの温度でゆっくり……と女将(おかみ)は教えてくれた。

「溶き卵と低めの温度で炒めとく……なるほどね。で、卵の量はどれぐらい？」

　うちのかみさんに教えてやりたい、そうしたらうちでも旨い青椒肉絲が食えるようになるかもしれない、と富田は食いつくように訊(たず)ねた。女将はこれまた平然と答える。

「ケンさんのところは四人家族でしたよね？　だったら小さめのをひとつぐらいです」

「サンキュー。伝えとく」

　そして富田は、大満足な顔で青椒肉絲をぱくつき始めた。

　——亭主が外で呑んでくることに嫌な顔をする奥さんは多いらしいけど、こうやって料理の秘訣を聞いて帰るなら、それもちょっとは緩和されるのかな……。
それにしてもこの店は酒も料理も旨い。ケンさんは同期だから給料だってそんなに変わらないし、家族構成も似たようなもの。そのケンさんが常連になれるぐらいだから、勘定だってそう高くはないんだろう。『ぼったくり』か……これは思わぬ拾いものだったな。偶然の出会いに大感謝……あ、そうだ、会社の若いのに残業続きでろくな飯が食えないって嘆いてるやつがいたな。あいつにこの店を教えてやったら喜ぶだろうな……

智紀は惜しげもなく秘訣を披露する女将に驚きつつも、そんなことを考えていた。

†

「あったかいご飯が食べたいなあ……」

都内の百貨店に勤めている田宮朋香は一日の勤務を終え、ロッカールームで制服を脱ぎながらそんな呟きを漏らした。

それを聞きつけた同僚が、不思議そうな顔を向けてくる。彼女は朋香より三歳年上で、隣のロッカーを使っている。今日はたまたま退勤時刻も同じだったため、並んで着替えているところだった。

「田宮さん、普段は冷たいご飯ばかり食べてるの？　いくら夏で暑いからって冷たいものばかりじゃ身体に悪いわよ」

朋香の台詞（せりふ）を彼女は文字どおりに解釈したらしい。もちろん、連日冷やご飯とか冷たい麺の類（たぐ）いを食べているわけではない。ご飯とおかずに温かいスープや味噌汁を添えて、あるいは熱々のパスタやラーメンを食べることもある。ただ、問題はそれらが全て外食、あるいはコンビニやデパ地下で買った総菜の類いだということである。しかも外食は夜遅くまで開いているファミレスが中心で、味はそれなりだが作っている人の顔が見えないという意味では、持ち帰りの総菜と変わらない気がするのだ。

「温度の問題じゃないんですよ。なんというか……作ってくれた人の温かみを感じたい、みたいな？」

「あー……なるほどね」

同僚は朋香が言わんとすることを理解したらしく、軽く頷いたあと、違う質問をした。

「田宮さんはうちに入ってからどれぐらい？　もう二年ぐらいは経った？」

「三年半です」

「あら、そんなになるの。確かひとり暮らしだったわよね？　じゃあ、そういう気持ちになるのは無理もないわ。私もあなたぐらいのころ、よくそんなふうに思ったものよ」

都内に実家がありながら、就職を機にひとり暮らしを始めた朋香と異なり、彼女は親元から大学に通い、就職のために上京したと聞いた。初めてひとりで暮らす嬉しさと珍しさ、加えて仕事に慣れるのに一生懸命なあまり、二年ぐらいは特に気にせずに過ごせていた。だが、三年目に入ったころからひとりきりの食事が辛くなってきたという。

「お昼は誰かとランチに行ったりできるし、そうじゃなくても社員食堂に行けば誰かがいる。だからそんなに寂しさを感じずにすむわ。でも夜はだめ。疲れて帰っても迎えてくれる人は誰もいない。真っ暗な部屋に自分で電気をつけて、買ってきたお総菜のレジ袋を置く……その『カシャ……』って音がすごく大きく感じるの。レンジでチンして、火傷（やけど）をするほど熱くして、味だってけっこう美味しい。それなのにどこか侘（わび）しくて……。かといって、自炊する気力も体力も残ってない。もうとにかく食べて寝ちゃいたい、って……」

「わかります……というか、同じです」

「やっぱりね……あの気持ちは、ひとり暮らしの社会人じゃないとわからないよね」

「もうそろそろ慣れてもいいと思うんですけどねえ……」

「慣れるものじゃないと思うわよ。慣れたと思ってても、突然襲ってくるのよ、孤独感が。あれは辛かったわ」

そこで朋香は、彼女が『辛い』ではなく『辛かった』と言ったことに気付いた。過去形で語るということは、彼女はもうその問題を克服したのだろうか。だとしたら、是非ともその方法が知りたい。祈るような気持ちで、朋香は訊（たず）ねた。

「なにか解決策を見つけたんですか？」

「解決策と言っていいかどうかわからないけど、私には有効だったたって方法ならあるわ」

固唾を呑むように続きを待つ。彼女は朋香の必死な表情を見てクスリと笑った。

「本当に辛いのね。じゃあ、教えてあげる。私は行きつけのお店を作ったの」

「行きつけ？」

「そう。賑やかに騒ぐ人がいないような呑み屋。私の場合、本当は食堂がいいんだけど、お酒を出さないような食堂って閉まるのが早いでしょ？　だから呑み屋。できればカウンターとテーブルが二つか三つぐらいしかないような、個人でやってる居酒屋。あ、そうだ、田宮さん、お酒は？」

さすがに下戸にこの作戦は使えないと思ったのか、彼女は心配そうに訊いた。だがそれはいらぬ心配だ。朋香は大の酒好きとまではいかないが、呑むこと自体は好きだった。

「嗜む程度です」

「ってことは、相当強いわね」

同僚はにやりと笑って、続きを話し始めた。

「店主とお運びさんがひとり、できれば夫婦か家族でやってるようなアットホームなお店を探して常連になるの。続けて通って顔を覚えてもらえれば、カウンターに座っておしゃべりしながら、なんてこともできるようになるわ。うまくすれば、新メニューのお試しとかもさせてもらえたりね」

とはいっても、そこまでになるには相当時間がかかるけど、と彼女は笑った。

「でも……今時そんな小さくてアットホームな居酒屋ってありますか？　どっちを向いてもチェーン店ばっかりみたいな気がしますけど」

「そうねえ……駅前とかはそんな感じだけど、ちょっと離れれば案外あるわよ」

「えーっと……その……」

できれば同僚が通っている店を教えてほしかった。だが、彼女に教える気はないらしい。着替え終わった制服をロッカーにしまい、パタンとドアを閉めた。

「ってことで、その気があるなら頑張って探してみて」

そして彼女は、お先にーと足取り軽く帰っていった。もしかしたら、今夜もその店に寄るつもりなのかもしれない。

――そりゃそうよね。苦労して探した隠れ家みたいな店をあっさり教えてもらえるわけがない。それに、同じ職場の人間が来てるとなったら迂闊に仕事の愚痴も言えないものね……。でも、確かに行きつけの呑み屋を持つっていうのはいいかもしれない。ご飯屋さんじゃなくて呑み屋さんか。見つかるかどうかわからないけど、ちょっと探してみようかな……

そして朋香は、同僚ほどではないものの、少しだけ軽い足取りでロッカールームをあとにした。

その後、朋香はインターネットを駆使していろいろな店を当たってみた。『こぢんまり』とか『家庭的』に加えて『おひとり様歓迎』なんて検索ワードを入れてみて、出てきた店のレビューを片っ端から読む。その際、評価の高さ低さは大して気にしなかった。

朋香とて同じ客商売だ。評価の数字はその客が何を求めているかによることぐらいわかっている。そっとしておいてほしい客にとって、あれこれ話しかけてくる店主はマイナス評価だし、賑やかに騒ぎたい客に静寂に満ちた雰囲気は望ましくない。

要するに自分が『ピンとくる』店であればいい。それだけを頼りに、何十もの店のレビューを読み続けた。さらに、これぞ、と思う店が出てくるたびに、足を運んで確かめてみた。

さすがに毎日居酒屋に通うわけにもいかず、あっという間に店を探し始めてから半年が過ぎていった。

やっぱり無理なのかな、と思い始めたある日、朋香はいつもとは違うレストランガイドサイトにアクセスしてみた。そこで、最新記事として上がっていたのが『ぼったくり』という店だった。

――居酒屋『ぼったくり』？　すごい名前ね。本当にぼったくっているのかしら……

あまりにも気になりすぎる店名に、早速レビューページを開いて読んでみる。

『久しぶりに来店してみたら店主が代わっていた。以前は中年夫婦がやっていた記憶があるが、今は若い女性ふたりになっている。味も変わってしまったのではないかと心配しながら、以前よく頼んだ手羽先スペシャルを注文してみたところ、まったく味に変化はなく、ジューシーな鶏肉、焦げた醤油(しょうゆ)とタバスコのぴりりとした辛み、振りかけられた粉末ガーリックがビールを呑む手を止めさせない。ほかの料理もまったく同じとまではいかないけれど、許容範囲。新しい料理もいくつか増えていた。店主の面立(おもだ)ちをじっと見てみると、なんとなく先代に似ている。もうひとりの女性は以前の女将(おかみ)に似ている気がするし、もしかしたらこのふたりは先代の娘たちなのかもしれない。いずれにしても、代替わりに不安を覚えている人はご安心を。先代はしっかり跡継ぎを仕込んでいった。また来店したいと思う』

——なんかこれ……やらせっぽいわね。

それがレビューを読んだ最初の感想だった。

これといった根拠があるわけではない。ただ、客商売で培(つちか)った勘のようなものが、『久しぶり』の来店にしては思い入れが強すぎる、と告げていた。ネット上の口コミ掲示板で、味や接客態度ならともかく、代替わり云々についてこんなに語るだろうか。しかも最後は、代替わりで離れそうになっている客を引き留めるような文章になっている。

もしかしたら店主、あるいは一緒に店をやっている女性のどちらかが書き込んだのではないか、と朋香は思ってしまったのである。

——でも、この手羽先スペシャルってお料理はちょっと食べてみたいわね。タバスコを使った手羽先料理なんて食べたことがないし……。若い女性がふたりでやってるお店なら入りやすいかもしれない。機会があったら行ってみようかな……

アクセス情報を見てみると、駅から若干距離がある。この間の同僚も狙い目は駅から離れた店、と言っていたし……ということで、朋香は来店候補リストに『ぼったくり』という店名を加えた。それは、桜が散り、青葉の季節を迎えるころだった。

ところがその後しばらく、遅番と残業が続き、行きつけの呑み屋探しどころではなくなってしまった。朋香が再びその店の名を聞いたのは、夏が来るころ、しかも恋人の育也からだった。

『いい店を見つけたんだけど、今晩、そこにしない？』

仕事が一段落したある日、久々にゆっくりデートでも……と連絡をした朋香に、育也はそんなメッセージを送ってきた。

『何系の店？』

『居酒屋。この前、会社の人に連れていってもらったんだ。ちょっと恐い名前だけど、料理も酒も抜群だった』

恐い名前というフレーズで、以前読んだレビューを思い出した。もしかして……と訊ねてみるとやはり『ぼったくり』だという。

育也は朋香が店の名前を知っていたことに加えて、以前から行ってみたかったという話に驚きつつも、どこかほっとした様子だった。おそらく『ぼったくり』なんて店に行こうと言い出したら、朋香が反対するのではないかと心配していたのだろう。

『じゃあ、待ち合わせはその店の最寄り駅。仕事が終わったら連絡する』

育也のメッセージに『了解』と返信し、その夜ふたりは『ぼったくり』に行くことを決めた。

ところが、久々に仕事を定時で終え、ロッカールームで確認したスマホには、土下座をしているアザラシのスタンプが表示されていた。

『ごめん！　ちょっと急な仕事が入った。一時間ぐらいで片付くと思うけど、どこかで時間を潰せる？　日を改めてもいいけど、できれば会いたいし』

できれば会いたい、の一言ににんまり笑う。もちろん、一時間ぐらいどこででも潰せるし、明日は休みだ。スタートが多少遅くなっても大丈夫……と考えかけて、朋香はふと思い付いた。

――いっそ、ひとりで行ってみようかな。育也はもう行ったことがあるんだし、初めて来たお客さんにどんな対応をする店なのかちょっと見てみたいし。

同じ客商売、気になるのはやはり接客態度、ということで、朋香は育也にメッセージを送った。

『先にお店に行って、呑みながら待ってるわ。そのほうが育也も仕事に集中できるでしょうし』

一時間のつもりでいても時間どおりに終わるとは限らない。残業中に別の仕事が入ってくる可能性だってゼロじゃない。ウインドウショッピングができそうな店は一時間もすれば閉まってしまうし、本屋や喫茶店も長時間は辛い。それなら、目的地で待っているほうが、育也だって気楽に違いない。万が一、彼が来られなくなったとしても、朋香の『ぼったくり』に行ってみたいという願いは叶えられるのだから……

かくして朋香は、ひとりで『ぼったくり』の暖簾(のれん)をくぐることになった。

「いらっしゃいませ」

引き戸を開けると同時にカウンターの向こうから声が飛んできた。そして、朋香が引き戸を閉めるのを待って、もうひとりの女性が声をかけてくる。

「カウンターでよろしいですか？」

飲食店に入ったときによく訊かれる『おひとり様ですか？』という言葉はなかった。

おそらく、ためらいなく引き戸を閉めたことでひとりだと判断したのだろう。

朋香はもともと、ひとりで呑んだり食べたりすることに抵抗がない。それでも改めて『おひとり様』という言葉をかけられるとほんのちょっぴり胸が痛む。

自分は友だちが多いほうだと思うし、今日は待ち合わせ、正確にはデートだ。

だが、もしもこれが友だちや恋人がいなくて、なおかつそれを苦に思っている状況だったら、『おひとり様』という言葉に傷つく可能性もある。ただの人数確認、席を決めるために必要なのだとわかっていても……

ところがこの店は『おひとり様』という言葉は使わなかった。ひとりで入ってきたことは見ればわかるし、あとから複数の連れがくる、あるいはテーブルを使いたいとしたら『カウンターでよろしいですか？』という問いかけに異議を唱えるはず、とでも考えているに違いない。

すすめられたのは、壁際からひとつ離れた席で両隣は空席。この状態なら、待ち合わせだったとしてもふたりまでは対応できる。なかなか心得た接客だ、と感心しながら、朋香は使い込まれた感じの椅子に腰を下ろした。

すぐにおしぼりと箸、そして品書きが目の前に置かれた。そして、品書きの他にもう一枚、『本日のおすすめ』と書かれた紙。草臥れても汚れてもいないから毎日書き換えているのだろう。

さてさて……と目を走らせようとしたとき、スマホがメッセージの着信を知らせた。もちろん育也からで、今終わったから直ちに向かう、とのことだった。

――よかった、思ったより早かった。育也の会社はわりと近いから、お料理もこのタイミングで注文しちゃって大丈夫よね。

気を付けて来てね、と返信し、朋香は改めて品書きを見る。

幸いなことに、『本日のおすすめ』にレビュー記事で読んだものと同じ料理が載っていた。

　これが食べたかったのよ、とほくそ笑みながら早速注文する。

「手羽先スペシャルをお願いします。それから、お野菜……」

　栄養バランスは大切だ。だが、野菜を料理するのは案外手間も時間もかかる。刻んでドレッシングをかけるだけのサラダは簡単だが、そればっかりでは飽きてしまう。朋香ですらそうなのだから、育也はもっと野菜を食べていないはずだ。だから朋香は、育也と食事をするときには意識的に野菜料理を頼むことにしていた。

　野菜料理を探して品書きに目を走らせる朋香に、店主が訊ねる。

「お野菜はいろいろご用意できますが、どんなのがお好みですか？」

「なんでもいいんですけど、できればサラダ以外で」

「じゃあ……煮浸しなんていかがでしょう？　素揚げした野菜を醤油ベースのタレに漬け込んだものです。ナス、オクラ、ミョウガ、パプリカ、カボチャ、ズッキーニをたっぷり入れてあります」

「夏野菜ね！　じゃあそれをお願いします」

「はい。お飲み物はどうされますか？　あ、お食事だけでも大丈夫ですよ」

「え、でも、ここって居酒屋ですよね？」

「そうなんですけど、うちのお客様の中には、今日は呑みたくない、ご飯だけしっかり食べたいっておっしゃる方もいるんです。お酒の気分じゃないのに、うちの店の料理が食べたくてわざわざ足を運んでくださる。それなら無理に呑んでいただかなくても、最初からお食事でいいかなって」

　そう言ったあと、店主は黙って朋香の注文を待っていた。

　面倒くさそうでもなければ、急かす様子もない。控えめな笑顔でただカウンターの向こうに立っていた。

「お気遣いありがとう。でも、私は案外呑兵衛（のんべえ）なのよ。だからお酒をいただくわ」

　普段なら『嗜（たしな）む程度』と答えるのに、今日は自ら（みずか）『呑兵衛』を名乗った。

それはさっきの店主の言葉で、彼女の酒に対する思いを感じ取れたからだ。

店主は、呑みたくない人にまで呑ませたくない、と言った。それは、それぐらい客を大事にしているという気持ちの表れだが、裏を返せば、呑みたがっている客にしか呑んでほしくないということだ。おそらく、そう考えるほど酒そのものを大事にしているし、愛着も感じているのだろう。

そんな店主相手に自分の酒好きを隠す理由はなかった。

「では、サワー系のなにか……」

店主はそう言うと、すかさずもうひとりの女性が大きめのグラスと炭酸水の瓶を取り出した。朋香はちょっと残念な気持ちで言葉を返す。

「サワー？　この手羽先スペシャルと夏野菜の煮浸し、両方に合うお酒ってやっぱりビールかサワーってことになるのかしら」

ところが店主は、即座に首を横に振った。

「日本酒でもウイスキーでも大丈夫です。でも、駅から歩いていらっしゃったとしたら喉が渇いてらっしゃるでしょうし、少し甘めでごくごく呑めるものがいいかなと……」

「はーい、お待たせしました！」

明るい声とともに目の前にグラスが置かれた。縁にレモンが飾られているところを見ると、レモンサワーだろう。普通すぎる酒が出されたことにがっかりしつつ、朋香は一口呑んでみた。

「あら……？」

柑橘系の酸味、しかもレモンならば真っ直ぐ突き刺さるような酸味だけしか感じないと思っていたのに、微かな甘みがある。しかもそれだけではなく、もっと別の爽やかさがあった。

もう一口呑んでみて、やっと気が付いた。

「これ、生姜が入っているのね？　ジンジャーエールじゃないから、生の生姜？」

「いいえ。生じゃなくて自家製の生姜シロップなんですよ。生のレモンは香りが素晴らしいんですけどちょっと甘みが足りないし、レモンシロップでは甘すぎる。そんなふうにおっしゃるお客様がいて、じゃあ生のレモンに生姜のシロップを足したら？　って思ってやってみたら案外好評で」

　考えたのは妹なんですけどね、と店主はもうひとりの女性を見て笑う。店主の言葉に、女性はちょっと嬉しそうに頷いた。なるほど、姉妹なのか……と改めて見てみると、確かに面立ちがなんとなく似ていた。

「へえ……生のレモンに自家製の生姜シロップ。今の季節には嬉しい飲み物ね」

　そう言いつつまた一口呑む。サワーや酎ハイの類いを頼むと、ときどき、どこにアルコールが入っているの？　と言いたくなるほど薄い場合がある。けれど、この生姜レモンサワーはしっかり酒の味がする。しかも取り出された酒の瓶を確かめると、ベースは焼酎ではなくウォッカを使っているらしい。

　朋香はバーに行ったとき、ウォッカやテキーラベースのカクテルを好んで注文する。まさかこんな……と言っては失礼だが、かなり和風の居酒屋で正統派のサワーが出てくるとは思わなかった。しかも、ベースの酒の濃さも自分好みだ。つくづく『呑兵衛』だと白状しておいてよかったと思ってしまったが、なぜこんな酒がさっと出てくるのか、少々不思議だった。

　さりげなくメニューを確かめてみても、今朋香に出されたような酒は書いていない。好奇心が抑えられなくなり、とうとう朋香は真っ正面から訊ねてみることにした。

「メニューにはないみたいだけど、カクテルを出すこともあるの？」

「そうですねえ……ショートカクテルはシェイクの技術が難しすぎて私には無理ですけど、ステアで済むロングカクテルはたまーにお出しすることもあります」

　女性は甘い酒を好むことが多い。とりわけ一杯目の酒は、ビールよりもサワーや酎ハイを頼まれることがあるため、いろいろ挑戦中なのだ、と店主は語った。そして、慌てて付け加える。

「あ、でもこのレモンと生姜のサワーはお試しではなくて……」

「何度もお店で出して、好評だったのよね。わかるわ、とっても美味しいもの」

「ありがとうございます」

　店主はほっとした様子で軽く頭を下げた。そして、また一口呑み、うんうんと頷く朋香を見て、アドバイスをくれる。

「うちでは手作りしてますけど、市販の生姜シロップでも美味しくできます。よろしければおうちでもやってみてくださいね」

「あーなるほど、最近人気だものね、生姜シロップ。缶酎ハイに垂らすだけでも平気かしら？」

「もちろん。いつもとひと味違って面白いと思いますよ」

「そうねえ……」

朋香の勧める百貨店でも生姜シロップを扱っているはずだ。今度小瓶を買ってみよう、と思っていたところで、勢いよく引き戸が開いた。入ってきたのは育也である。

「ごめん、トモ。待たせた！」

「早かったわねえ……っていうか、早すぎ？」

思わず朋香は時計を確かめた。

残業を知らせるメッセージを受け取ってからまだ一時間、店に入ってから十分ぐらいしか経っていない。彼の会社からここまでの距離を考えたら、やはり『早すぎ』としか言いようがなかった。

　だが、育也は平然と言う。

「目茶苦茶頑張って終わらせた。うちの会社からこの店の最寄り駅までは乗り換えなしで来られるし、駅からはタクシー」

「タクシー！　なにもそんな……」

「ちょっとでも早く着きたくてさ。それ、一杯目？」

　育也は三分の一ほど減ったグラスを目で示しながら訊ねた。朋香が頷くと、満足そうに隣に腰を下ろす。朋香のとき同様、早速おしぼりが差し出された。

「いらっしゃい、イクヤさん」

「こんばんは」

「待ち合わせだったんだね。うちみたいな店に女性がひとりでいらっしゃるなんて珍しいと思ったんだ」

　育也は、うちみたいな店、という言葉にひとしきり笑ったあと、ちらりと朋香に目をやった。

長い付き合いだからわかる。彼は、朋香を紹介するかどうか確認を取っているのだ。なにも触れずにいることもできるが、朋香がこの店を気に入って、今後も通いたいというのであれば軽く紹介しておいてもいい、という考えだろう。もちろん、朋香の答えは後者だった。

軽く頷いたのを確認して、育也は店の女性ふたりに朋香を紹介した。

「こちら、俺の彼女。本当は一緒に来るはずだったんだけど、仕事が長引いちゃって」

「そうだったんだ！　ありがとうね、イクヤさん。彼女さんを誘ってくれて」

「どういたしまして。こいつ、酒にも料理にもうるさいから、絶対この店を気に入ると思って」

「ありがとうございます。どうぞ、ご贔屓(ひいき)に」

カウンターの向こうから、店主が深々とお辞儀をしてくれた。こちらこそ、と頭を下げ、ついでにひとつ質問をした。

「こちらのお店って、ひとりで来る女性はいないんですか？」

「いらっしゃらないこともないですが、若い方は少ないです。堂々と『ぼったくり』を掲げちゃってる店なんて、やっぱり恐いでしょ？」

うっかり素直に頷いてしまったあと、朋香ははっとして付け足す。

「でも、このお店のことは前から知ってました。行ってみたいなあと思ったけど、なかなか時間が取れなくて……」

「で、俺がこの店の名前を出したら、飛びついてきたってわけ。おまけに、遅れそうだからどこかで時間を潰してって頼んだら、ひとりで先に行くって……。ま、それぐらい気になってたってことだよ」

「そうなんですか……嬉しいです。改めまして、ようこそ『ぼったくり』へ」

「というわけで、以上紹介終わり。トモ、料理はなにか注文した？」

「手羽先スペシャルと夏野菜の煮浸しを頼んであるわ。育也、飲み物はどうする？」

「手羽先スペシャルがあるんだ！　ラッキー！」

育也も朋香同様に大喜びしている。なんでも、彼もやはりあのレビュー記事を読んでいて、是非食べてみたいと思っていたのに、なかなか出会えなかったらしい。

ふたりの話を聞いていた店主が、すまなそうに言った。

「申し訳ありません。そんなに珍しいメニューではないんですが、たまたま……」

「うん、わかってるよ。俺のタイミングが悪いだけ。先輩たちはけっこう頻繁にありついてるみたいだし。なんといっても、レビューを書いちゃうぐらいだから」

「え、あの記事、育也の先輩が書いたの⁉」

「うん。ここの常連で俺を連れてきてくれた人たち。あの記事を書いた人は、代替わりする前からの常連なんだって」

育也はこの店に、ふたりの先輩と一緒に来たという。もともと、この店の常連だったのはひとりだけで、隠れ家的に使っていたところ、偶然もうひとりの先輩と店で鉢合わせした。その後は、ふたり揃ってやってくるようになったそうだ。

「あら……それじゃあ、隠れ家がなくなっちゃったってこと？　おまけに育也まで来るようになって、大丈夫なの？」

朋香の同僚も隠れ家的な店を持っていたが、教えようとはしなかったし、朋香も無理に訊くつもりはなかった。そんなに簡単に教えてしまって、育也の先輩は大丈夫なのか、と心配になってしまう。

だがその心配は、店主の妹が払拭してくれた。

「それは大丈夫。最初はあたしも心配したんだけど、ここで出会ってからは、必ずふたり一緒に来てくれるようになったの。もともと仲良しだったんだけど、うちに一緒に来てくれるようになって前よりもっといろいろ話せるようになったって、ケンさん、喜んでた」

「みたいだね。それで、もうひとりの先輩——山川さんっていうんだけど、その人が俺のことを紹介してくれて、この店に連れてきてくれたんだ」

「山川さんって、育也の上司の人なの？」

「いや、部署は違うし、仕事の絡みはほとんどない。慰安旅行のバスでたまたま隣同士になったんだ。いろいろ話してるうちに気に入ってもらえたらしくて、なにかとお世話になってる。それで、どうせろくなもの食ってないんだろ、いい店を知ってるから連れていってやるって。ついでにそのとき、これは俺が書いたんだって富田さんがレビューを見せてくれた」

察するところ、富田というのが『ケンさん』なのだろう。そういえば、レビュー記事のユーザー名も『ケン』になっていた。店の人間ではないかと疑っていたが、常連のひとりだったとは……

ま、当たらずといえども遠からずよね、と思っていると、店主が困ったように言う。

「ちょっと褒めすぎですよね、あの記事。恥ずかしいです」

「別にいいじゃない。あれってあくまでも個人の感想だし」

それに嘘じゃないし、と言う育也に、店主の妹も加勢する。

「そうそう。なんといってもケンさんは、手羽先スペシャルの大ファンだもの。手羽先スペシャルがある日にケンさんが来て、注文しなかったことなんてないじゃない。あれでも抑えて書いたほうだと思うよ」

「いいなあ……そんなに遭遇率が高いなんて」

そこでオーブントースターが焼き上がりを知らせ、店主が手羽先を取り出した。すかさず妹がお盆を抱えてカウンターを回り込む。

「お待たせしました、手羽先スペシャルです！」

目の前に皿が置かれるやいなや、育也が叫んだ。

「馨ちゃん、ビール！　今すぐ！」

「はーい！」

だが、その返事よりも早く、店主が冷蔵庫からグラスとビール瓶を取り出していた。外に出したとたん白く曇ったグラスを育也に渡し、素早く栓を抜いてビールを注ぐ。流れるような動作、しかもビールの泡は多すぎず少なすぎず、見事な塩梅（あんばい）だった。

「これこれ！　同じビールでも美音さんに注いでもらうと全然違うんだよな！」

既に減ってしまっている朋香のグラスに軽くぶつけて乾杯したあと、育也はビールをグビグビ半分程まで呑んだ。

「あー旨い！　ささて、手羽先……。熱いから気を付けろよ」

自分より先に朋香の取り皿にひとつ入れてくれるところが、育也の優しさだ。同い年の恋人が頼りないように思える日もあるけれど、彼は思いやりに富んでいて、どんな愚痴にも真剣に耳を傾け共感してくれる。勝ち気で、なにかとストレスを受けやすい接客業についている自分にはぴったりの相手だ。

もしかしたら、度量の大きさは彼のほうが上かもしれないが、それに甘えてばかりじゃだめだ。きつい言葉を使って愛想を尽かされないように気を付けなくては……

いつにない自省に、久しぶりのデートで

ちょっと感傷的になっているのかな、と苦笑しつつ、朋香はおしぼりで手を拭(ぬぐ)う。

そして、育也に倣(なら)って手羽先を手づかみでがぶりとやった。

「あつっ！」

「だから熱いって言っただろ。大丈夫か？」

慌てて生姜(しょうが)レモンサワーをごくごく呑む朋香に、育也が心配そうに声をかけてきた。無言で頷きながらも、また手羽先を一口かじる。

タバスコの辛さが、熱を通したことで和らげられている。ほのかな辛さと醤油(しょうゆ)の香ばしさに粉末のガーリックがベストマッチ、続け様に何本でも食べたくなってしまう。あのレビュー記事は嘘でもヤラセでもないと実感させられる味だった。

しばらく手羽先を堪能し、最後の一本が消えたタイミングで、夏野菜の煮浸しが運ばれてきた。

　手の平サイズの中深皿(ちゅうぶかざら)にナスの紺、カボチャの黄、オクラの緑、パプリカの赤……とトロピカルな色合いが並び、間に紛れているミョウガの薄桃色の優しさを引き立てている。絵のような一皿に、どれかを食べてバランスを崩すことが残念にすら思える。

けれど、食べるために供されたのだから……と、意を決してナスをひとつ口に運んだ。

じゅわり……

ナスから滲み出た煮汁が口の中に広がる。少し甘めな味付けで、ナスの蕩けるような食感とてっぺんに添えられていた白髪葱のしゃりしゃりとした歯触りの対比が見事だ。ふわりと漂うのは胡麻の香り、きっと胡麻油を使っているのだろう。

「さっきの手羽先は熱々だったけど、こっちはしっかり冷えてるのね」

「冷たい料理は夏のご馳走だな」

最高、と言い合いながら、ふたりはそれぞれの飲み物をせっせと減らす。もうあと少し……というところで店主から声がかかった。

「おふたりとも、お飲み物のおかわりはいかがですか？」

「うーんと……酎ハイ……いや、やっぱり今日はトモもいるし、日本酒を試してみるかな」

「わあ、イクヤさん、とうとう日本酒デビューだね！」

店主の妹が嬉しそうに言った。一方、店主は少し心配そうな顔をしている。いろいろ書かれていたレビューによると、この店の『売り』のひとつは日本酒の品揃えらしいのに、と怪訝に思っていると、育也が理由を説明してくれた。

「実は俺、会社の人と呑むときはビールや酎ハイがせいぜいで、日本酒は呑んだことがないんだ」

「え、そうなの？　だって私といるときは……」

学生時代からの付き合いだから、ふたりで呑みに行ったことは数限りなくある。二十歳になったばかりのころは別にして、ここ数年は日本酒を呑む機会も増えてきていたのだ。だから、会社の人とは日本酒を呑まないと言われると、首を傾げざるを得なかった。

育也は、朋香の反応を見てさもありなんという顔をする。

「日本酒って、本当にいろいろあるだろ？　で、俺はけっこう好みもはっきりしてるし、これは違うなーって思うこともある。そんなとき、トモがいれば『よろしく』って呑んでもらえるけど、会社の人相手にそんなことは頼めない。好みじゃない酒にあたっちゃったら嫌だな、と思ったら、やっぱり日本酒はやめとくか、ってなっちゃうんだよ」

「育也、それって、私ならどんなお酒でもほいほい呑み干す、ものすごい呑兵衛って言ってるようなものじゃない」

「誰もそんなこと言ってないじゃないか。トモはどんな酒でも幅広く楽しめるタイプ、でもって俺はトモに絶大の信頼感を持ってるってだけだよ」

「ものは言いようね」

苦笑いでそう言ったあと、ふと見ると、店主姉妹が珍しいものでも見るような目を育也に向けていた。

「イクヤさん、ヤマちゃんやケンさんといるときとは全然違うんだね」

これが『素』のイクヤさんかーと、妹は目を丸くしている。だが、さすがに店主は特に突っ込むことなく、育也に訊ねた。

「お料理、他にもなにかお作りしましょうか？」

手羽先は完食、夏野菜の煮浸しもミョウガとオクラがひとつ残っているだけだ。飲み物を追加するなら、肴もほしい。そこでふたりは、『本日のおすすめ』を覗き込んだ。

「この中で、今日一番のおすすめはどれかしら？」

「うわ、それを訊くか……」

「え、だめなの？」

「だってそうだろ。店の人にそんなこと訊いたって『全部です』としか答えようがないじゃないか」

注文を決めかねて『おすすめ』を訊ねたとき、苦虫を噛み潰したような顔で『全部だよ』と答える店主がいる。すすめられないようなものを品書きに載せるわけがない、と言いたいのだろう。

けれど、朋香はそれでもやっぱり順番があると思っている。だからこそ訊ねるわけだが、育也に言わせれば愚問中の愚問、なおかつ失礼きわまりない質問らしい。

だが、そんな朋香の『愚問』に店主は気分を害した様子もない。

「訊きたくなる気持ちはよくわかります。それに、おっしゃるとおり、おすすめの順番ってやっぱりあるんですよ」

そして店主は、いとも簡単に『今日のピカイチ』を教えてくれた。

「今日一番のおすすめは『肉じゃが』です」

「え……肉じゃが……」

――そんなの家でも食べられる。肉じゃがはおふくろの味の代表みたいに言われているけれど、案外簡単な料理だし、私にだって作れる。

そんな思いが顔に出ていたのか、店主はくすりと笑って付け加えた。

「肉じゃがとはいっても、今日のは、塩味なんです」

「肉じゃがなのに、塩味なの？」

「はい。ジャガイモとタマネギと豚バラ肉を塩味で煮込んであります。正直に言えば、ご飯のおかずにはちょっと物足りないかなと感じるかもしれません。でも、お酒のおつまみにはちょうどいいんですよ」

「豚肉なんだ……」

「ええ。うちでは、醤油(しょうゆ)味のときは牛肉を使うことが多いんですけど、塩味のときは豚です。塩で煮込んだ豚肉ってすごく美味しいんですよ」

お試しになりますか？　と店主に微笑まれ、朋香はこっくり頷いた。

塩味の肉じゃがなんて食べたことがない。もちろん、他に出している店も知らない。それに朋香は普段、肉じゃがには牛肉を使っている。塩味の豚肉バージョンを食べてみて気に入れば、料理のバリエーションをひとつ増やせるのだ。なにより豚肉は牛肉よりリーズナブルだ、試してみない手はなかった。

「では、ご用意しますのでしばらくお待ちを。その間にお酒を……」

店主は、小鍋に一皿分の肉じゃがを移して火にかけたあと、冷蔵庫から酒瓶を取り出した。

ラベルには『涼々(りょうりょう)』という字が見える。いかにも夏らしい……と思っていると育也も同じように感じたらしく、嬉しそうな声を上げる。

「なんかこれ、夏っぽくていいね」

「はい、夏限定のお酒です。この『開運　特別純米　涼々』は静岡の土井酒造場さんが造っているお酒なんですけど、さっぱりして呑みやすい上に、お米の美味しさがたっぷり詰まってるんです。塩味の肉じゃがのあっさりした味にもぴったりです。日本酒をあまり呑まれない方は、日本酒ってアルコール感が強くて苦手だっておっしゃることもあるんですが、このお酒なら大丈夫。すいすい呑めちゃいます」

説明しながらも店主の手は止まることなく、『すいすい呑めちゃいます』と言い終わると同時に、グラスに酒を注ぎ終えた。枡にまでたっぷり溢れさせた酒を、流れるような仕草でカウンターにのせ、にっこり笑って片手で示す。

「『開運　特別純米　涼々』です。どうぞ」

ふたり同時に手を伸ばし、そっと目の前に下ろす。なみなみと酒が入っているが、グラスは枡の中に立てられているから、零れたところで支障はない。それでも、恐る恐るになってしまうのが不思議だと思いつつ、隣の育也に目配せをした。とはいっても大した意味はなく、ただの乾杯代わりだ。わざわざ滴が垂れるとわかっているグラスを合わせる必要はない。もちろん、育也もそれはわかっているから、最小限の会釈(えしゃく)で応(こた)え、これまた同時にグラスに口をつけた。

「あ……軽い」

思わず漏れた一言に、育也が苦笑する。

「仮にも日本酒を呑んで、一言目の感想が『軽い』かよ！」

「え、でもこれ、本当にすいすいいけちゃう感じじゃない？」

「まあ確かに……日本酒を呑み慣れない俺でも全然抵抗ない」

「でしょ？『生』ならこういう感じも多いけど、これはそうじゃないわよね？」

「はい。生酒(なまざけ)じゃありません」

「ってことは、ちゃんと冷蔵庫に入れておけば味もそんなに変わらない？」

「まったく変わらないということはありませんが、ある程度は……」

「それは嬉しいな」

そこで育也は、改めてカウンターの向こうに置かれた酒瓶を見た。きっと銘柄を覚えてあとで手に入れるつもりだろう。

気に入った日本酒に出会っても、家用に買うのはためらわれる。毎日晩酌をするわけではない人間であればなおさら、呑み切るのに時間がかかる日本酒は二の足を踏むだろう。『生酒』は日本酒に不慣れな人間にも呑みやすいが、味が変わりやすい。だが、この『開運　特別純米　涼々』は生酒ではないから多少ゆっくり呑んでも大丈夫……育也はそう考えたに違いない。

「イクヤさん、写真を撮っていけば？　このお酒、四合入りの瓶もあるし」

夏が終われば買えなくなってしまうが、今なら通販でも手に入る、と店主の妹にすすめられ、育也は早速スマホを取り出した。

パシャリ、と正面からラベルを撮ったのを確認し、店主が後ろ側のラベルをこちらに向けてくれる。

「よろしければこちらも。お酒の名前ってけっこう似たものがたくさんありますし、蔵の名前がわかってるほうが探しやすいですから」

「ありがと」

そして育也は蔵元や正確な酒の名前が記載された後ろ側のラベルをカメラに収

め、安心したようにスマホをしまった。

「よし。この酒なら俺にも呑めるし安心、安心」

「安心、安心って、安心じゃなかったことがあるの？」

「うん。前に取引先の人と呑んだとき、うっかり、最近ちょっと日本酒に興味が……みたいなことを言っちゃったことがあるんだ。そしたらその人も日本酒党だったらしくて、大喜び」

「よかったじゃない」

取引相手なら、そういった意気投合はプラス材料だ。仕事の合間に日本酒談義をすればコミュニケーションが促進され、仕事もスムーズに運ぶだろう。

けれど育也は、ちょっと困った顔で言う。

「日本酒談義で終わればよかったんだけど、次にその人の会社に行ったとき、これを呑んでみろって酒を渡されちゃったんだ。なんでも俺がアポを入れたあと、わざわざ買いに行ってくれたらしい」

「いい人じゃない」

「まあね。わざわざ用意してくれたのに断るわけにもいかないし、ありがたくもらって帰った。でも呑んでみたらあんまり好きなタイプじゃなくて、結局トモに呑んでもらった」

「あ、もしかしてあの山廃？」

「だったっけ？　茶色い瓶でけっこう酸味がある……」

「間違いないわ。あれは確か……」

朋香が口にした銘柄を聞いて、店主はさもありなんという様子で言った。

「かなり重い飲み口の、しっかりしたお酒です。濃厚な味付けのお料理にはぴったりですし、日本酒がお好きな方からは人気もあります。でも、日本酒に慣れていない上におつまみがなかったり、乾き物だったりするとちょっと辛いかもしれませんね」

「だよね。俺の家にここみたいな上等な肴があるわけないし、柿ピーやさきいか相手に呑もうとしたんだよ。で、惨敗してトモ任せ」

「やけに感想を詳しく訊いてくると思ったら、そういうわけだったのね」

育也は、朋香の感想を自分のものとして取引相手に伝えたらしい。おかげで相手も喜んでくれて面目を施したが、それ以来日本酒を自宅用に買うことが恐くなったという。

「居酒屋なら味が合わなくてもせいぜい一合だけど、自宅用に買うと大きな瓶になっちゃうし、毎度毎度トモに呑ませるわけにもいかないだろ？」

「なんで？　別にいいわよ、私は」

「トモにだって好きな酒があるじゃないか。俺が酒を押しつけたら好きなのが呑めなくなるよ。いくら酒が好きな人だって、酒ならなんでもいいってわけじゃないし」

むしろ酒が好きで、酒をよく知っていればいるほど、好きなタイプが明確になる。外で呑むときはお試し感覚もありだが、家ではお気に入りの銘柄をゆっくり味わいたいのではないか、と育也は言うのだ。

店主姉妹も大きく頷いている。

「イクヤさんのおっしゃるとおりです。お店で呑むお酒は一杯ですみますが、家用に買うのは少なくても四合。今は小さな瓶やカップ酒も豊富になってはきましたが、それでも全体から見ればごく一部ですものね」

「お試しは外呑みに任せて、家ではお気に入りをじっくり……正論だよ、イクヤさん。プレゼントでも、お酒が好きな人だからお酒っていうのは、ちょっと違うのかもね」

「そうかなあ……」

朋香は育也の意見には賛同しかねた。彼が、朋香の好みを気にしてくれるのは嬉しいけれど、プレゼントというのは呑んだことがない酒を知る絶好の機会だ。それまでのお気に入りはさておき、『新しいお気に入り』を作りたいと考える呑兵衛はたくさんいるはず。かくいう朋香もそのひとりだった。

「人からいただいたお酒がすごく気に入ることだってあるでしょ？　世の中に知らないお酒なんていくらでもあるんだもの。知ってても、自分じゃ買わないってお酒も。挑戦なきところに成功なし。ばんばん買って、合わなかったらどんどん回してちょうだい」

私にお任せあれ、と胸元を叩く朋香に、育也は呆れた目を向けた。

「なんだそれ。せっかく人が気を遣ってやってるのに……」

「ありがと。でも気にしないで。よっぽど合わなかったらお料理に使うし」

「とか言って……」

四合瓶や一升瓶の日本酒を使い切るほど料理なんてしないだろ、と育也は突っ込んでくる。確かに、毎日料理をする人であってもその量の酒を使い切るのは大変だろう。

「まあ大丈夫よ。呑みたくないほど合わないお酒なんて滅多にないもん。ただし、よっぽど保管方法が悪くて味が変わり果てちゃってない限り、だけど」

以前、やはり頂き物の日本酒が合わなかったことがあった。しかも冷蔵庫は一杯で入らない。早く呑まなければ……と思いながらも、仕事が忙しくていつの間にか日が過ぎてしまった。ふと気付いて呑んでみたら、前にはなかった嫌な酸味……。もともと合わない上に、変質した酒など呑めたものではなく、やむなく捨てたことがあった。

「捨てちゃったんですか……」

店主が痛ましげ……いや、むしろ悲しそうと言うべき口調になった。酒を商うものとして、捨てられるというのは最悪の事態なのだろう。

「そうなの。私も申し訳ないとは思ったんだけど、呑むに呑めなくて……」

そこで口を開いたのは店主の妹だった。

「だったらお風呂に入れればよかったのに」

「風呂……あ、酒風呂か！　確かにそれはいいかも。それなら多少味が変わってもイケるし、トモは強いからドボドボ入れても平気だし」

「お風呂ねえ……。まあ、捨てるよりいいか……」

「化粧水を作るって手もあるよ」

日本酒に精製水とグリセリンを入れると化粧水ができる。精製水もグリセリンもドラッグストアで簡単に買えるし、無添加だから肌が弱くて市販の化粧品が合わない人には打ってつけだと彼女は説明してくれた。

「化粧水！　それはいいわね」

朋香自身、肌は強いほうだが、同僚や友人には敏感肌の人がいる。ときどき泊まりに来ることもあるから、試しに使ってもらって、大丈夫そうならプレゼントすることもできる。口に合わない日本酒の使い方としては、けっこういいのでは、と朋香は思う。それでも、呑むために作られたものだからできれば呑みたいという思いは残った。

「とはいっても、よっぽどじゃないと化粧水にはしないかな。類友じゃないけど、私の友だちも呑兵衛(のんべえ)が多いから『酒は呑むべし！』って怒られそうだし」

朋香の言葉を聞いて、店主が本当に嬉しそうに微笑んだ。

「合わないと思うお酒でも、呑む温度やおつまみによっては美味しく感じることもあります。いろいろお試しくださいね」

その言葉に、再利用は苦肉の策、まずは呑むことを考えてほしいという店主の思いが溢れていた。

――この人、本当にお酒が好きなんだ。私みたいにただの呑兵衛じゃなくて、お酒の美味しさを伝えたいって気持ちがすごく強い。だからこそ、家でも作れるような素材ばっかりで料理を作るし、趣向を凝らしたとしても、惜しげもなく秘訣を教えてくれるんだわ。店でも家でもいい、とにかくお酒を楽しんでって……。こんな店なら『ぼったくり』なんて物騒な名前でも、お客さんはつくに決まってる……っていうより、これぐらい近寄りがたい名前にしておかなきゃ、お客さんが溢れかえっちゃって大変だわ……

「お待たせしました」

そんなことをぼんやり考えていた朋香は、店主の声で我に返った。

すかさず、店主の妹が肉じゃがの鉢を運んでくる。早速ジャガイモを口に運び、涼やかな酒を追いかけさせた。ジャガイモの塩味と酒のほんのりした甘みがベストマッチで、ため息しか出てこない。しばらく肉じゃがと酒を楽しんだあと、朋香はしみじみ呟いた。

「ここに来られてよかった……」

この店にだって、何も知らずに入ってくる猛者はいるだろう。物騒な名前に、少し及び腰になりながら、あるいは挑戦的な面持ちで。それでも、こんな料理や酒でもてなされれば、あっという間にファンになってしまう。それに料理や酒だけではなく、随所随所に店主姉妹の心遣いが感じられた。

育也がにやりと笑って言う。

「だろ？　絶対気に入ると思ったんだ。ま、紹介してくれた先輩に感謝だな」

誰かの紹介で、恐い店じゃないとわかっていれば、物騒な名前の暖簾（のれん）をくぐることは難しくない。それが、信頼に足る人物であればなおさらである。でも、紹介するほうだって相手を選ぶだろう。

店の雰囲気を壊したり、迷惑をかけたりしないと信じられる相手にしか、紹介しないに決まっている。育也は先輩からそれだけの信頼を得ている——そう考えると、自然と笑みが零れた。

「なに、その笑い？」

「別に。本当にありがたいなーって。あ、お酒、もう一杯いただける？」

「はい、ただいま」

店主が冷蔵庫を開け、酒瓶を取り出した。まるでお気に入りの宝石をジュエリーボックスから取り出すような仕草で……

店主の様子を見ればわかる。この店は、酒や料理に全力を注いでいる。それが、この店の客を大事にするやり方なのだ。だからこそ、客もこの『ぼったくり』という店を大事に思い、守ろうとするのだろう。

育也が自分にこの店を教えてくれたこと、温かく迎えられたこと、これから自分もこの店の常連のひとりになれそうなこと――全てに感謝しつつ、朋香は二杯目の『開運　特別純米　涼々』を待っていた。

天ぷらと煮浸し

ご自宅で天ぷらを作るとき、せっかくだからとあれもこれも用意して、食材を余らせてしまうことはありませんか？

天ぷら用に切った食材が余ってしまったら、素揚げして天つゆに漬けておきましょう。あら熱が取れたころに冷蔵庫に入れておけば、翌日には立派な煮浸しが出来上がり。

天つゆなんて使わない、うちは塩派だわ、とおっしゃる方は市販の麺つゆを使っても大丈夫です。

奥播磨　純米スタンダード

株式会社下村酒造店

〒671-2401
兵庫県姫路市安富町安志 957
TEL：0790-66-2004
FAX：0790-66-3556
URL：https://okuharima.jp/

開運　特別純米　涼々

株式会社土井酒造場

〒437-1407
静岡県掛川市小貫 633
TEL：0537-74-2006
FAX：0537-74-4077
URL：http://kaiunsake.com/

エビ春巻き
ガトーショコラ
鶏の竜田揚げ
トマトサラダ

行方不明の決意

改築工事も無事終わり、待ちに待った『ぼったくり』の新装開店は予想を遥かに超えた大騒ぎとなった。

この日を待ちかねた常連たちが入れ替わり立ち替わり詰めかけたのは言うまでもなく、美音の夫・要（かなめ）の実家である佐島（さしま）家や商店街の店からも大きな花環が何本も届き、『ぼったくり』の狭い間口には置き切れないのでは……と心配になるほどだった。

次々に運ばれてくる花環に、姉はありがたいとしきりに感謝していたが、馨は、いくらなんでも多すぎる、と思った。ところが、なぜか商店街をはじめとする人々が、花環から花を抜いて持ち帰り始めた。

　馨は、花環に群がる人々にびっくり仰天、思わず美音に訊ねてしまった。

「お姉ちゃん、あれ何の騒ぎ？　せっかくのお花がなくなっちゃうよ？」

　焦りまくっている馨とは裏腹に、姉は涼しい顔で答えた。

「あれは『花ばい』っていって中部地方の風習なんですって。新装や改装で花環をいただいたときに、差してあるお花を自由に抜いていってもらう。早く持っていってもらえればもらえるほど商売繁盛になるそうよ」

「へー、『花ばい』……。お姉ちゃん、よく知ってたね」

「私も知らなかったんだけど、茂先生が教えてくださったの。こんなにたくさんあったら始末に困るだろうし、捨てるのももったいない。それなら『花ばい』をやってみたらどうか、って……」

　茂先生というのは、同じ商店街でペットクリニックを営んでいる獣医さんだ。

　馨たちはペットを飼っていないから、茂先生のクリニックに行くことはないが、彼は『ぼったくり』の客のひとりである。店としてはとてもお世話になっているし、時折彼が披露してくれる中部地方ならではの食べ物や飲み物、風習についての話を聞くのは、姉妹の楽しみのひとつだった。

「『花ばい』なんて、東京では聞いたことないよね」

「茂先生は、東京で『花ばい』をやる人は少ないだろうけど、せっかくならみんなに楽しんでもらったほうがいいんじゃないかって」

「そっか……茂先生は中部地方の出身だったね。鉄板焼きそばとか鉄板ナポリタンとかを作ってほしいって言われたこともあったし」

「そうそう。そんなこともあったわね。カンジさんに赤いウインナーを買いに行ってもらったり、ウメさんにとろろステーキ用の山芋をおろしてもらったり……。そういえば、あの鉄板ナポリタン、今では哲君のご両親の喫茶店で大人気メニューになってるみたいね」

「うん。あれを目当てに来てくださるお客様が増えてきたって、哲君のご両親、すごく喜んでくださってた。そのうえ今回はたくさんのお花を捨てずに済むアイデアまで……。ますます茂先生に足を向けて寝られないね」

　恋人の両親が営む喫茶店を繁盛させてくれただけでなく、こうしていろいろな面で助けてくれる茂先生に、馨はさらに感謝を深めた。

しかし、勝手知ったる様子で花環から花を抜いていく人々を見て不思議に思う。このあたりの人たちが『花ばい』を知っているとは思えないのに、随分な賑わいようだった。

それについても訊ねてみたところ、美音は平然と答えた。

「私もね、茂先生に教えていただいたものの、たぶんみんな知らないだろうから説明しなきゃと思ってたら、もうみんな知ってたのよ」

東京の下町で『花ばい』をやる人はいない。いくら『ご自由にお持ち帰りください』なんて貼り紙をしたところで、きょとんとされるに決まっている。せめて商店街の人たちにでも先陣を切ってもらわないと……と考えた美音は、早速『八百源』に出向いたそうだ。

『八百源』の店主であるヒロシは町内会長でもあるし、こんなときの相談役に打ってつけだ。

夕方の忙しい時間で申し訳ないけれど、ほんのちょっと手を貸してくれないか。

実は『花ばい』というものをやろうと思っているのだけれど……と相談してみると、ヒロシはちょっと考えたあと、ぽんと手を打ったらしい。

「ヒロシさんね、『あー、思い出した！　あの花泥棒みたいなやつな！　すっかり忘れてたよ』ですって」

「え、ヒロシさんも『花ばい』を知ってたの？」

「知ってたっていうか……」

一瞬馨は、もしかしたらヒロシも中部地方に縁のある人だったのだろうか、と思ったが、そうではなかった。ヒロシは、そのあとやけにしみじみと言ったそうだ。

「『やっぱり親子だなあ……同じことを考えるなんて。先代も店開きのときにやってたんだよな』って言われたわ」

ヒロシは感慨深そうな顔をしたあと、『ぼったくり』の『花ばい』に参加するよう、みんなに声をかけると約束してくれたそうだ。

親子二代で、東京にはまったく馴染(なじ)みのない『花ばい』をやる――馨はなんだかとても不思議な気持ちがした。いや、不思議というよりも、この町の温かさを再認識したというほうが正しい。

両親が店を開いたとき、『花ばい』をしようと言い出したのは、おそらく母だ。母は、花を飾るのが好きな人だったが、花というのは案外買うと高い。『花ばい』について知れば、無料で花をもらえるなんて素晴らしい、と考えただろう。そして、いざ自分が店を開くことになり、贈られた花環を見たとき、『花ばい』のことを思い出し、じゃあやってみよう、となって――この商店街で『花ばい』がおこなわれたのは、そんな経緯だったに違いない。

この町の人たちは、『花ばい』なんて見たことも聞いたこともなかったはずだ。それでも、快く参加してくれた。もしかしたら、そのときも茂先生や当時の町内会長の後押しがあったのかもしれない。

ともあれ、そんなこんなでこの商店街で二度目の『花ばい』がおこなわれることになった。

予想以上の大きな花環、しかも花の種類も数も多かったけれど、ウメや商店街の女将(おかみ)さんたちがどんどん花を抜いて、通りがかりの人たちにまで配ってくれたおかげで早々になくなり、大変縁起の良い結果となったのである。

新装開店の日、『ぼったくり』の店内はぎゅうぎゅう詰め、立ち呑みでもいいから入れてくれという客まで出る始末だった。しかも、『ぼったくり』の酒と料理にありついたのは二ヶ月ぶりということで、舌鼓(したつづみ)を打ちっ放し、いつまでも帰ろうとしない。

もしも、美音と馨がいつもどおりに『来る者拒まず』の姿勢でいたら、収拾がつかなくなっていたに違いない。この状態を予期して、事前に、常連たちの来店時刻を割り振ってくれたシンゾウとリョウに大感謝だった。

休業挨拶として戸井(とい)のマグロを振る舞った要は、今度は肉だろうと但馬牛(たじまぎゅう)をどーんと仕入れてくれた。姉はそれを使って、結婚式でも出したローストビーフや叩き、ビーフシチューまで作った。

これほど上等の肉じゃあスペシャルステーキにする必要もないね、となんだか寂しそうな顔をしたクリーニング屋のタミをみんなで笑いながら、『朝日山』や『大多喜城』、『吉乃川』といった『ぼったくり』ではお馴染みの日本酒を何本も空にした。

調子に乗ったリョウはつい呑み過ぎて、椅子から転げ落ちそうになり、アキに叱られしこたま水を飲ませられた。

マサとウメは並んで座って檜のカウンターを撫でさすり、さすがはいい木だ、肌触りが違う……なんて頷き合っていたし、アキラとカンジは相変わらず仕事の愚痴を言い合っていた。

ヤマちゃんとケンさんは子育て談義に花を咲かせ、ヒロシとミチヤは『また仕入れよろしくな！』と美音に念を押す。

日頃から『ぼったくり』に出入りしてくれている人たちをスライドショーにしたような夜が何日も続いたのだった。

†

そんな忙しい日々も一段落した三月中旬の日曜日。お風呂掃除で濡れた足を拭きながら、馨は小さくため息をついた。

――えーっと、洗濯物は干したし、掃除機もかけた。お風呂の掃除も終わった。あとは買い物に行って、帰ったらご飯の支度……。自分ひとりの家事なんて楽勝と思ってたけど、お姉ちゃんがいたときとやらなきゃいけないことは同じなんだよね。その上、分担してくれる人はいないんだから、むしろ大変ってことか……とはいえ、嘆いていても仕方がない。結婚をして家を出た美音がこれから先、この家に戻ることはないし、戻ってきたらきたでやっかいだ。ということで、馨は気持ちを切り替えて買い物に行くことにした。

『ぼったくり』がある商店街は、量り売りをしてくれる店が多い。ひとり分の食材を買うには打ってつけなので、馨も日頃から大いにお世話になっているが、日曜日はほとんどの店が休業している。

幸い今日は、家事さえ済ませてしまえばこれといって用事もない。たまにはゆっくり『ショッピングプラザ下町』でも散策して、それでも時間が余ったら駅前まで足を伸ばすのもいいかもしれない。

そんなことを考えながら外に出てみると、なんだか雲行きが怪しい。

そういえば天気予報で、午後から雨になるって言ってたっけ……と思い出した馨は、やむなく自転車の鍵を下駄箱の上に戻す。時間に縛られない自転車のほうが気楽だけれど、買ったものを抱えて雨に降られるのは嫌だ。今日のところは無料巡回バスのお世話になることにして、馨はバス停に向けて歩き出した。

『ショッピングプラザ下町』に着いた馨は、広い売り場のあちこちを見歩き、かわいいパジャマとスカート、そしてTシャツを何枚か購入した。ちょっと散財しすぎたかなーと反省しつつ、『スーパー呉竹（くれたけ）』で食材を買い、バス停に戻る。

時間的にはまだまだ余裕があったけれど、欲しかったものを片っ端から買ったせいで、けっこうな大荷物になってしまった。これを抱えて歩き回るのは気が重いし、なにより空がどんどん暗くなってきている。雨が降り出す前に帰ろう、と馨は商店街に向かうバスに乗った。

ところが、席に座ってスマホを弄っていた馨が、ふと顔を上げて外を見ると地面が濡れている。

タッチの差でアウトか……とがっかりしながらバスから降り、鞄を探ったところで馨は絶望的な声を上げた。

「マジ!? ないじゃん！」

鞄に入っているはずの折りたたみ傘が、どれだけ探しても見つからない。

そういえば、先週にわか雨に降られて使ったあと傘立てに入れたまでは覚えているが、鞄に戻した記憶がなかった。おそらく、今も玄関の傘立てに入りっぱなしだろう。

——あーあ……どうしよう……。せめてあっちにいる間に気付けばよかった。それならビニール傘を買えたのに……

今からだってコンビニに行けば傘は買えるだろう。けれど、コンビニは家とは反対方向だし、距離的にもどっこいどっこいだから、濡れて歩く時間は変わらない。それならわざわざビニール傘を買うのはもったいない。

よし、ひとっ走りするか！　と鞄を抱え直したところで、馨は近づいてくる人影に気付いた。それは、馨がよく知っている人物だった。

「哲君⁉」

「あ、よかった！」

家に行ってみたが留守だった。買い物かなと思ってしばらく待っていたが戻ってこない。雨も降ってきたし、気になって捜しに来た。見つからなければそのまま帰るしかなかったから、ここで会えてよかった、と哲は笑った。そして、馨が濡れっぱなしになっていることに気付き、慌てて傘を差しかける。

「傘を持ってなかったの？」

「うん。鞄に入ってると思ってたんだけど、入ってなかった」

「馨らしいなあ。でも、それならなおさら捜しに来てよかった」

「どうしたの？　今日はお父さんたちのお店を手伝うんじゃなかったの？」

恋人である哲の実家は、喫茶店を営んでいる。大手チェーンのカフェに押され、一時は客が減って大変だったけれど、静かで落ち着ける雰囲気と、美味しいコーヒーの味を追求し、フードメニューもいくつか増やした結果、客足は無事回復した。雑誌に紹介されたこともあって、週末となると両親だけでは手が回らなくなり、哲もときどき手伝っているのだ。

せっかくの休みなのに申し訳ない、と両親はしきりに詫びるそうだけれど、哲は案外喫茶店の仕事が気に入っているらしい。馨は馨で、店が繁盛しているのは何よりだし、付き合い始めのカップルではないのだから毎週毎週デートする必要もない。幸い哲の仕事は週休二日だし、身体さえ大丈夫なら、是非手伝ってあげてほしいと考えていた。

そんなわけで、この週末に会おうという話も出なかったから、今日も店に出ているのだろうと思っていたのだ。

喫茶店で俄(にわ)かウエイターをやっているはずの哲が、なぜここにいるのだろう。きょとんとする馨を見て、哲はちょっと怒ったような顔になった。

「せっかく会いに来たのにその反応？」

「え、あ、ごめん！　そういうわけじゃなくて！」

馨が慌てて言い訳をしようとしたとたん、哲はぷっと噴き出した。

「ごめん、わかってる。ちょっとからかってみただけ。実は、今日も朝から店に出てたんだけど、途中でカレンダーを見たおふくろに、今日はもういいから馨さんに会いに行ってこいって言われてさ」

「へ？」

カレンダーになにか特別なことが書いてあったのだろうか。今日は三月十日、大安吉日ではあるが珍しいことではない。大安なんて六日に一度は巡ってくるのである。

まさに『解せぬ……』そのものの顔になった馨に、哲はさもありなんと口を開いた。

「だよね。俺もそんな顔になった。だって今日は日曜日とはいっても、普通の日だもんな。でも、おふくろは『今週はホワイトデーがあるでしょ。平日は忙しくて会えないだろうから、今日のうちに！』って……」

ランチタイムを過ぎれば、喫茶店もそれほど混み合うことはない。ふたりでもなんとかなる、と母親に言われ、それもそうか……と抜けさせてもらうことにした、というのが哲の説明だった。

「そっか……ホワイトデー……。でも、今年はなしでかまわないよ」

お気遣いはありがたいけど、と馨は両手を左右に振った。

「お姉ちゃんの結婚式のあとで盛大に『記念日』をお祝いしたでしょ？　あれで十分。そんなにイベント尽くしにしなくてもいいよ」

「でも、あれってほとんど要さんのおかげだろう？」

「実際にはそうかもしれないけど、あれはお姉ちゃんたちがわざわざあの日を結婚式にしちゃったせいだもん。もしも結婚式じゃなかったら、哲君が用意してくれた有名シェフのスペシャルディナーに行ってたでしょ？」

「確かに……」

「あのディナーを予約するために、わざわざ半日有休まで取ってくれたんだよね？　きっと他にもいろいろ考えてくれてたんだと思う。だから今年は……」

「でも、馨は今年もちゃんとバレンタインにチョコレートをくれたじゃないか。もらってないならともかく、もらったのにホワイトデーをスルーするわけにはいかないよ」

「あー……チョコレートっていうか、チョコレートみたいなもの？　できればあれは忘れていただきたい……」

　確かに先月、馨は哲にバレンタインの贈り物をした。

「なんでさ、美味しかったよ。大人向け、とことんビターなチョコケーキ」

「きゃー！」

　また思い出しちゃったあ！　と悲鳴を上げる馨を見て、哲が笑いこけた。

「とにかく、もらったものはもらったもの。手作りチョコケーキのお返しに、本日のディナーは俺の手料理ってのはどう？」

「えー!?　哲君、料理なんてするの？」

　馨の素(す)っ頓狂(とんきょう)な声に、哲ががっくりうなだれた。

「あのなー……俺はこれでも喫茶店の息子だぜ」

「でも、哲君がお料理を作ってるわけじゃないよね？」

「そういう意味じゃなくて」

家業が喫茶店だということは、朝から両親が家にいないということだ。日中の不在は、夕方から開店する居酒屋よりも子どもへの影響が大きい。

朝ご飯が終わるやいなや、両親は店に行ってしまうし、帰宅は早くて午後九時、どうかすると十時近い日もある。学校のある日の昼ご飯は給食や弁当があるが、少なくとも晩ご飯は自分でなんとかしなければならない。ましてや、休みの日となったら、昼と夜の二食作らねばならない。

小さいうちは店に行って食べたりもしていたけれど、大きくなってくると店で出している軽食では満足できなくなるし、なにより飽きてくるのだ、と哲は言う。

「だったら、ささっと賄い(まかな)でも作ってもらえばよかったんじゃない？」

そんな馨の質問に、哲はため息満載で答えた。

「うちの店、昼飯時の客がけっこういてさ。親父とおふくろがふたりでやってる店だから、昼はてんてこまい。子どもの飯なんて手が回るわけがない。俺も俺で腹が減って親の手が空くまで待ってなんかいられない。だったら、自分で適当に作ったほうがマシだ、ってことで、中学ぐらいから自分で作ってた」

「そうか……あたしはもっぱらお姉ちゃん任せだったけど、哲君は自分が『お兄ちゃん』だもんね」

哲には弟がひとりいるが、姉も兄もいない。ずっと作ってやるほうだったから、自己流にしてもそれなりに料理のノウハウはあるのだ、と哲は胸を張った。

「ということで、料理は嫌いじゃないし、出来もそこそこ。だから、今日の晩飯はお任せあれ」

「うわー楽しみ！　ありがとう！」

ぱあっと明るくなった馨の顔を見て、哲も嬉しくなる。

馨は言葉よりも表情で語る。

嬉しいなら嬉しい顔をするし、嫌なときは嫌な顔をする。客商売の手前、ある程度抑制はしているのだろうけれど、それでも美音に比べたらその度合いは小さい。

さらに、哲の前ではとても正直に感情を顔に出す。ときどききついことを言うし、同い年の哲を見下したように扱うときもあるのに、つい『かわいい』と思わずにいられなくなる。

きっと『ぼったくり』の客たちもそんなふうに思っているんだろうな……と思うと少々嫉妬(しっと)に駆られる瞬間があった。

そして哲は、馨が持っているエコバッグを見て訊(たず)ねた。

「買い物はもう終わったんだよね？」

「うん。あ、哲君、なにかいるものある？」

「必要なものは持ってきたから大丈夫。調味料は持ってきてないけど、馨たちの家にあるよね？」

「特別なものじゃないなら」

「俺の特別と、馨たちの特別は違う気がするな」

一般家庭では滅多に使われない調味料であっても、馨たちの台所にはたいていのものが揃っている。むしろ、ないものを探すほうが難しいぐらいなのだ。だから、自分が使う程度の調味料は心配いらないだろう――と哲は言った。

「紹興酒ある？」

家に着いて台所で調味料入れを見たあと、哲は馨に訊ねた。

「そこにない？　あ、そっか。この間使い切っちゃったんだ。予備があるから出すね。もしかして中華系？」

餃子だったら嬉しいなーと言いながら、馨はストックから紹興酒の小瓶を出してきた。自分が使っているのと同じ銘柄だ、と安心しながら哲は答える。

「正解。でも、餃子じゃないからね」

「なんだ、残念！」

「本当に餃子が好きなんだなあ。でも、これはこれで旨いからね」

そう言いながら、哲は細切りにした豚肉に紹興酒を揉み込んだ。さらに、持ってきたバッグの中から正方形の袋を取り出す。特徴的な形状を見て、馨が歓声を上げた。

「あ！　春巻きだ！」

「そ、春巻き。エビも入れるよ」

「うわー嬉しい！　揚げ立ての春巻きって目茶苦茶美味しいよね！」

「だろ？　意外に簡単だし、見栄えもいい。でもって……」

「ビールや酎(ちゅう)ハイにぴったり！」

「そういうこと」

「えーっと、なにかあたしがやることあるかな。さすがに全部哲君任せじゃ申し訳なさすぎる」

「だから、これってホワイトデーのお返しなんだって！」

「でもさあ……哲君、バレンタインのとき、手伝ってくれたよね？」

「……そうだったっけ？」

すっとぼけた顔で哲は笑う。

もちろん忘れているわけではない。むしろあの日のことは日記に書いて永久保存したいぐらいだと思っているが、さすがにちょっと照れくさい。今年のバレンタインはそんな特別な日だった。

だからこそ、わざわざお返しに手作りの夕食を……と考えたのだ。

今年のバレンタインデーは、美音たちの結婚式も無事終わり、『ぼったくり』の改築も完工が見えてきたころに訪れた。

バレンタインデーは木曜日と平日だったが、『ぼったくり』は休業中、馨にはたっぷり時間があったらしく、今年は手作りをプレゼントするからね！　と前々から宣言されていた。

馨の料理の腕前に関して、特に不安はなかった。本人はしきりに『お姉ちゃんに比べれば、あたしなんて全然……』と謙遜してみせるが、あれは比較対象が悪すぎると哲は思っている。

『ぼったくり』の店主である美音と比較したら、それなりに年季の入った主婦だって見劣りする。一般家庭での炊事として考えたとき、馨の腕前はごく普通、いや身近にいい先生がいる分、普通以上なのではないか。

現に、馨がひとり暮らしを始めてから何度か手料理をご馳走になったけれど、どれもかなり美味しかった。だから、料理については心配ないとわかっている。

だが、お菓子作りは未知の領域、けっこう大雑把な性格をしているだけにちょっと不安、というのが正直な感想だった。

どうせなら晩ご飯も一緒に、と誘われて訪れた馨の家で、玄関を開けるなり目に飛び込んできたのは、困り果てた馨の顔だった。困り果てたというよりも、泣きそうというほうが近かったかもしれない。

「どうしたの?」

慌てて馨の両肩に手を置き、顔を覗き込むと、彼女はますます口をへの字に曲げた。

「ごめん、哲君。ケーキが焦げちゃった……。オートキーがあるから大丈夫だと思ってたんだけど、このケーキ、オートキーじゃだめだった……」

馨の家にあるオーブンには、ワンタッチでスポンジケーキを焼き上げるキーが付いていて、ショートケーキ用のスポンジなら簡単に焼けるそうだ。馨も過去に、何度かクリスマスや誕生祝い用のケーキに挑戦してみたが、それなりにうまくいった。だから、チョコレートケーキでも大丈夫だと思っていたのだが、この日馨が作ろうとしたガトーショコラは、オートキーの対応外だった。要するに、手動で細かく温度調節が必要な代物だったという。

最初は高温で、それから急いで温度を下げて、しかも温度を下げるタイミングも、焼け具合を確認しながら……というかなり難しいレシピだったらしい。

まあ、でもオートキーでも対応できるだろう、と軽く考えた馨はキーを押したあと、せっかく来てくれるのだから、と夕食の支度にまで力を入れたそうだ。何種類かの料理を並行して作っていたのだが、ふと気が付くとオーブンから焦げくさい臭いが漂っていた……というのが、目の前の泣きそうな顔の真相だった。

「やっぱりオートキーに頼らずにやればよかった……時間がなかったわけじゃないのに……」

そう言って、馨はしょんぼりと肩を落とした。

まあまあ……と宥めつつ台所に行ってみると、焦げた臭いが充満していた。テーブルの上には型に入ったままのガトーショコラがある。確かに『焦げました！』といわんばかりの様子だった。

「本当にごめん！　哲君、ちょっと待ってて。あたし、今からちゃんとしたチョコレートを買いに行ってくる！」

大急ぎでエプロンを外しかけた馨を押しとどめ、とりあえず型から外して様子を見てみようよ、と哲は大きな皿を出すよう指示した。

どうせ真っ黒だよーと情けなさそうな声を出したが、かまわず型を外してみると、意外にしっとりした出来映え……。確かに焦げている部分が多いが、それでもなんとか食べられる場所はありそうだった。

「大丈夫じゃない？　そもそもこういうチョコ系のケーキって甘すぎて閉口するぐらいだから、多少焦げてビターになったほうが俺は好きかも」

「でも、絶対苦いよ」

「これってチョコレートは何を使ったの？」

「え……？　普通のミルクチョコ……」

「だったらよけいに大丈夫。ブラックチョコを使ったと思えばいいよ」

「ブラックチョコと焦げたミルクチョコは違うよー！　やっぱりだめだな、あたし。お姉ちゃんのガトーショコラ、すごく美味しいのに……。同じレシピ使っても、全然同じようにできない……。お姉ちゃん、わざわざこれに合うお酒まで教えてくれたのに……」

「お酒？」

「うん……」

　そう言いながら、馨がごそごそと取り出したのは、日本酒の瓶だった。真っ黒なラベルに金色の『枯山水（かれさんすい）』という文字が見える。

「うわ……すごく高級な感じ。これってすごく高いんじゃない？」

　心配になって訊（たず）ねてみると、馨はなぜか嬉しそうに答えた。

「実はちょっとだけ。でもね、お姉ちゃんが、外で呑んだりご飯を食べたりしたらもっとかかるでしょ、って……」

バレンタインやクリスマス、誕生日といったイベントを外で楽しむ人は多い。でも、家でお気に入りのお酒や料理を用意してのんびり過ごす方法もある。そんなときこそ、お酒や食材を張り込んで『特別な日』を演出すべきだ、と美音は主張したらしい。

「あー……美音さんらしいなあ……」

「でしょ？　で、教えてくれたのがこれ。山形の『出羽桜酒造（でわざくらしゅぞう）』が造ってるお酒で……」

「出羽桜……ああ、白いラベルに桜の花が散らしてあるやつじゃない？　『ぼったくり』で見たことがあるよ」

「そうそう。あれは『出羽桜　桜花吟醸酒（おうかぎんじょうしゅ）』。うちでは人気のお酒。で、これは『出羽桜　特別純米　枯山水　十年熟成』。十年ものの古酒なんだって」

「それで『十年』って書いてあるのか。それにしても、チョコレートに日本酒って、すごい冒険だな……」

「あたしもそう思った。でも、日本酒も長く置いて熟成させるとけっこうスイーツでもOKって感じになるんだよ」

グラスを口元に近づけるとふわりと熟成香が広がり、鼻からすっと抜けていく。十年寝かした古酒ならではの重厚な味わいが、カカオの苦みを引き立てる。まるで上等のウイスキーかブランデーとチョコレートを一緒に食べたときみたいだった、と馨はうっとりした顔で語る。

「そうか……ウイスキーやブランデーにチョコレートはよく合うもんな」

「でしょ？　あたしは、どっちかっていうと古酒は苦手なんだけど、このお酒を呑んだあとでガトーショコラを食べたら、まさに『大人の味わい』。半ば夢見心地……っていうのはちょっと大げさだけど、それぐらい美味しかったよ」

「なるほどねえ……日本酒って、奥が深いんだな……」

「新しいお酒はどんどん出てくるし、造られなくなっちゃうお酒もある。それなのにお姉ちゃんは、新しいものから十年ものの古酒までちゃんと知ってるの。そりゃそうよね、いっつも勉強してるんだもん。それに引き替えあたしは……」

そう言うと、また馨は俯く。哲はため息を漏らし、宥めるような口調で言った。

「いちいち比べなくていいよ。そりゃ美音さんは勉強家だし、なんでもうまくこなすよ。酒の肴だって飯のおかずだってデザートだって、あの人が作ればピカイチになる。人の機微だって敏感に察するし、あれこれ問題を解決するのもうまい。でも、馨だって十分頑張ってるし、この酒についての感想もかなり『プロ』って感じだったよ」

「そんなことない。あたしなんてまだまだだよ！　あたしとお姉ちゃんは五歳違いだけど、五年経ってもお姉ちゃんみたいには絶対なれないもん」

「なってもらったら困る」

　ちょっと憮然として答えた哲に、馨は鳩が豆鉄砲を食ったような顔になった。

「え……そうなの？」

「そうなの。もし馨が美音さんみたいになったら、あっという間に要さんみたいなのが現れて攫われちまう。そうなったら俺、どうしたらいいのさ」

　あんなハイスペックな男には太刀打ちできそうにない。連れていかれるのを、指をくわえて見ているしかなくなるじゃないか、と苦笑いで言うと、馨は怒ったように返してきた。

「そんなことがあるわけないじゃん。それに、たとえ要さんみたいな人が来たって、あたしはパスだよ。哲君がいいもん！」

思いっきりふくれてしまった馨に、哲は答えた。

「サンキュ。でもそれって俺も同じ。美音さんみたいにならなくてもいい。馨は馨だからいいんだよ。焦げようが炭になろうが、馨が俺のために焼いてくれたこのケーキがいい。でもって、酒と合わせるのは今度にして、今日はホイップクリームをたっぷりのせて食べよう」

そして、哲は冷蔵庫から生クリームを取り出して泡立て始めた。

両親の店でもホイップクリームは使う。だから、店を手伝っている哲は、泡立てにだって慣れている。大きめの金属ボールに入れた生クリームを氷水に当てながら攪拌すると、あっという間に細やかなホイップクリームが出来上がった。

「馨、アイスクリームもある？」

「あるよ」

「じゃあ、出しておいて。少し溶けた方が扱いやすいから」

冷蔵庫から大きなパックのバニラアイスを取り出しながら、馨は哲を振り返って微笑んだ。

「そうやってると、お父さんにそっくりだね」

「そう？　あんまり言われたことないけど」

「哲君とふたりで、あの喫茶店を継いでみるのも楽しいかも……」

「そんなことになったら美音さんが困り果てるよ」

「そっか……そうだね」

「じゃあ、これは食後のお楽しみ。おやじ直伝のスペシャルコーヒーを淹れるよ。ホイップが余りそうだから、ウインナコーヒーもできるよ」

　店から豆をくすねてきたんだーと笑いながら、哲は自分の鞄から小さな紙袋を取り出す。

　たとえどんなにケーキが甘くてもメニューにウインナコーヒーがあるならそれを飲みたがる――哲はそんな馨の好みをちゃんと覚えていた。

「やったー！　もう哲君、最高！」

なんとかなりそうなガトーショコラと、大好きなウインナコーヒーに馨が歓声を上げた。そしてふたりは、馨の心づくしのバレンタインディナーのあと、ちょっぴりビターなガトーショコラを堪能した。それが一ヶ月前の出来事だった。

馨はバレンタインデーのことを思い出しつつ言う。

「あのホイップクリームつきのガトーショコラと、ウインナコーヒーの組み合わせはばっちりだったよ。哲君が泡立ててくれたり、コーヒーを淹れてくれなきゃ、あんなに美味しく食べられなかったもん」

だからあたしにもなにかやらせて、と馨は真っ直ぐな目で哲を見た。

「じゃあ……巻くのを手伝って」

「了解！」

こうしてふたりは、日曜日の午後、仲良く並んで春巻きを作ることになった。

哲が水で戻した干し椎茸とピーマン、タケノコの水煮を千切りにしている間に、馨は春雨を茹で、調味料を用意する。美音なら材料を炒めながら目分量でさっと入れてしまうのだろうけれど、哲も馨もそこまでの技量はない。あらかじめ調味料を合わせておけば一度に投入できるので、炒めすぎることもなく、味のばらつきも防げるのだ。

哲の指示どおりに調味料を合わせたあと、確かエビも入れるって言ってたけど……と哲が持ってきたレジ袋を探ると、むきエビのパックが出てきた。

それを見て、哲が申し訳なさそうに言う。

「ごめん、手抜きした。ちょっと面倒で……」

本当は殻付きのほうが旨いんだろうけど……と謝る哲に、馨は慌てて頭を上げさせた。

「そんなこと気にしないで。あたし、むきエビって軽く塩味がついてて好きなんだ。そのまま粉をまぶして揚げてもすごく美味しいよね！」

「そう言ってもらえると助かる」

「全然大丈夫。エビはこれでいいとして、あとは何をすればいい？」

「水溶き片栗粉を作っておいてくれる？　あ、小麦粉も少し！」

「小麦粉も？」

「うん。巻くときに使うから」

「了解！」

　馨に指示を出しながら、哲はフライパンで豚挽肉を炒め始める。色が変わりかけたところで、むきエビ、野菜を投入。最後に春雨を入れて軽くまぜ合わせたあと、合わせ調味料で味付けし、水溶き片栗粉を入れれば春巻きの具の出来上がりだった。

「よーし、じゃあ巻くぞ！」

　もともとまくっていた袖をもう一度まくり直し、哲は春巻きの皮の袋を開けた。皮の両面を触り、ざらざらしているほうを上にして具を載せる。皮の四辺に水溶き小麦粉を塗り、きちんと巻き上げていく。

「小麦粉を使わない方法もあるらしいけど、作り慣れてないからやっぱり不安でさ。これならばっちりくっつくし、油の中でばらばらになったりしないだろ？」

このやり方なら安全確実なんだ、と笑いながら、哲はどんどん巻いていく。とてもじゃないが、作り慣れていないようには見えなかった。

その後、哲は巻き上がった春巻きと、馨が味をつけて冷凍しておいた鶏肉を揚げる。その間に馨が味噌汁を作った。それに冷蔵庫にあったトマトで作ったサラダを添え、ふたりの『ホワイトデーディナー』が始まった。


「あー美味しかった！　やっぱり揚げ立てっていいよね」

「爆発もしなかったしな。で、お味はどうでした？」

「完璧だよ。あたし、この味付け、すごく好き」

「そう？　ちょっと濃い目じゃない？」

「ううん。ご飯やお酒に合わせるならこれぐらいがちょうどいい」

「そっか。ならよかった。馨の竜田揚げ（たつたあ）とトマトサラダも旨かったよ」

「そう？　でも竜田揚げはお姉ちゃんのレシピだし、サラダなんて、トマトをざく切りにして、塩昆布と胡麻油で和えただけだよ？」

「誰のレシピでも作ったのは馨。それに、簡単で旨いなら言うことなし」

嬉しそうに微笑みながら、哲はどんどん皿を洗っていく。

「作ってもらうのもいいけど、一緒に作って、一緒に食べて、一緒に片付けるのって楽しいよね」

「あ、それ、あたしも思った！　でもそれって相手によるよね。哲君とだから、こんなに楽しいんだろうし……」

お姉ちゃんとなら断然作ってもらうほうが楽だし、美味しい。他の友だちとなら、いちいち説明するのが面倒だから、自分でさっとやってしまったほうがいい。でも、哲君となら、ああでもない、こうでもないと言い合いながら一緒にやりたいし、全ての過程を楽しむことができる。たとえ途中で喧嘩しそうになっても、並んでなにかをしたい。

バレンタインデーとホワイトデー、二度の経験で、馨はそう思った。

「俺としては、たまには馨にゆっくりしてほしいと思ってたんだけどな。でも、馨が喜んでくれたなら、それが一番ってことにしとくか」

最後の皿を洗い上げ、かかっていたタオルで手を拭いた哲は、ちょっと残念そうに言う。

その言葉の響きがとても優しくて、馨は妙に照れてしまった。

——哲君って本当に優しい……。今日はホワイトデーっていう特別な日だけど、いつかこれが当たり前の風景になればいいな……。もう結婚した友だちの中には、片方がご飯を作ったら、もう片方が片付ける、ってルールの家が多いけど、やっぱりあたしはこっちのほうがいいや……

馨がぼんやりとそんなことを考えていると、不意に哲の声がした。

「俺たちはこれでいいんだよな」

「え？　なに？」

「俺さ、ちょっと要さんに憧れてるところがあったんだ。すごいなーあんなふうにできたらいいなーって。でも、どう頑張ってもああはなれない」

「うん。あたしもお姉ちゃんみたいにはなれない。だから、哲君も要さんみたいになる必要ないよ。あのふたりは、なんでもひとりでやれるけどそれでも一緒にいようっていうハイスキルカップル。あたしたちはできないことがいっぱい、だからこそなんとか助け合っていこうってタイプ。それでいいと思う」

「だよな。でもって、これってこの先ずっとって考えていい？」

「え……？」

どういう意味？　と首を傾げた馨をちょっと笑い、哲は自分の鞄のところに戻った。

しばらく中をごそごそ探り、小さな箱を取り出す。

「一緒にいられるときはなるべく一緒にいる。でもって、助け合えるところは助け合う。本当は、この先ずっと俺が馨を守ってやるって言いたいし、言えるようになるまで待つべきなのかもしれないけど、ちょっと待ってられない気分なんだ」

そして哲は、小さな箱をぱかっと開け、馨に差し出した。

「俺の奥さんとして、これからもずっと一緒にいてください」

「哲君⁉」

「本当はこれ、この間の節分の日に渡すつもりだったんだ。美音さんたちが落ち着いたら、今度は自分たちの番だなって」

賞味期限切れの鰻で『ぼったくり』が揺れに揺れたとき、結婚について呟いた馨に『もうちょっと待って』としか言えなかった。結婚相手としては馨しか考えられないと思っていたけれど、もう少しいろいろな意味で自信をつけてから……と考えていた。けれど、美音が結婚して馨がひとり暮らしになるとわかったとたん、心配でならなくなった。

自分がそばにいれば大丈夫、なんて断言はできないけれど、離れたところで心配しているぐらいなら一緒になったほうがいい。少なくとも、馨の寂しさだけでも紛れるのではないか、と哲は考えたという。だからこそ、有名シェフのディナーも頑張って予約したし、精一杯記憶に残る日になるようあれこれ頑張って用意しようと思っていたそうだ。

「ごめん、哲君。お姉ちゃんの結婚式で、その全部が吹っ飛んじゃったんだね……」

「まあね……。正直、うおーっ！　ってなった。イベントのグレードとしては倍以上になったし、いっそそのまま乗っかっちまえ、と思わないでもなかったんだけど、あまりにも要さんカラーが強すぎて、ちょっと癪だったんだ。馨としてはあのシチュエーションで渡されるほうが嬉しかったのかもしれない……ごめんな。ついでに、指輪自体もこんなでごめん。美音さんのとは比べ物にならないけど、俺にはこれが精一杯」

　そして哲は、馨の指に小さなダイヤモンドの指輪を滑らせた。

「ってことで、俺と結婚して……くれるよね？」

「当たり前じゃない!!」

　馨は、指輪を嵌めてもらったばかりの指を拳にして、哲に殴りかかった。

「もう……もう……びっくりさせないでよ！　しかも、台所で洗い物をしてがさがさになった手に指輪ってどういうこと！」

　せめてハンドクリームぐらい塗ってから！　と我ながら意味不明な発言をしな

がら、馨はぽかすかと力のこもらない拳で哲を殴る。そしてひとしきり叩いたあと、ぺたりと床に座り込み、呆然と指輪が嵌(は)まった指を見ると、その上に水滴がぽとり……

「わあ！　泣くな！　泣くなよ、馨——！」

慌てまくった哲の声で、その水滴が自分の涙だと知る。止めようにも止まらない涙は、その後もぽたぽたと拳の上に落ち続けた。

「まいったな……こんなに涙が出てくる目だったんだ……」

呆れたように言うと、哲はしゃがみ込んで馨を抱き寄せた。

「俺は、かっこよくもなければ金持ちでもない。でも、俺たちなりに頑張って、一緒に幸せになろうな」

「うん……うん……」

泣くなよーなんて頭を撫でられても、涙は全然止まらない。あまりにも止まらない涙に辟易(へきえき)し、とうとう馨は逆ギレ状態に陥(おちい)った。

「お姉ちゃんがお嫁に行って、ああ……あたし、ひとりぼっちになっちゃった、これからは自分だけで頑張らなきゃ……って、あたしなりに覚悟を決めたんだよ。それなのに、こんなにすぐにプロポーズだなんて、あたしの覚悟はどうなるの⁉」

「うーん……そっか。じゃあ、もうちょっと先に……」

「やだ‼」

脊髄(せきずい)反射並みの速度で否定の言葉が出て、哲が盛大に笑いこけた。

「心配しなくても、結婚式の準備にはしばらくかかるよ。ゆっくり式場を探して、ドレスも気が済むまで探して……」

「できれば仏滅も避けて……」

「あはは、そうだね。ま、ゆっくりやっていこうよ。馨の覚悟は、その間存分に堪能できるよ」

そして哲は、座り込んだままの馨を尻目に再び鞄のところに戻り、結婚式場のパンフレットや旅行ガイドを取り出す。どうやら、すぐに相談が始められるようにといろいろ用意してくれたらしい。

その様子から、哲が断られることなどまったく予想していなかったことがわかる。馨としても、断るつもりなど毛頭なかったが、もしも相手が哲ではなかったらこうはいかなかったかもしれないと思った。

自分で言うのもなんだが、馨は負けん気が強いし、思ったことはあまり考えずに口にしてしまう。

『ぼったくり』で仕事をしているときは、かなり控えているつもりでも、常連たちの目から見ると『馨ちゃんは言いたい放題』ということになるらしい。もちろん、その底には末っ子気質の馨をかわいく思う気持ちがあることもわかっているが、それでもなお、口が過ぎると思われていることに違いはない。

お金をいただく客相手ですらそんな調子だから、長年の付き合いである哲相手ではなおさら言いたい放題になる。言いすぎたとわかっていても、素直に謝れない日もあるし、ずけずけものを言うくせに、自分の本心を伝えるのは下手だと思っている。

それでも哲は、馨がつい言いすぎてしまってあとから自己嫌悪に陥（おちい）ることも、時に本心と裏腹な発言をすることもわかってくれている。あまのじゃくなところまで含めて、馨を丸ごと受け入れてくれる寛容さがある。

この人とならずっと一緒にやっていける——哲は、馨が心底そう思える相手だ。哲も、馨をそんな相手として考えていたからこそ、プロポーズをしてくれたのだろう。

賞味期限切れの鰻（うなぎ）を使ってしまって大騒ぎになったあの日、冗談めかして口にした『哲くんとこにお嫁にいこうかなーって思ってたのに』という台詞（せりふ）を、哲は『もうちょっとだけ、待ってて』という言葉で約束に変えた。あの日の約束は、思ったよりもずっと早く果たされた。自分を選んでよかったと思ってもらえるように頑張ろう。

馨はパンフレットを照れ隠しのようにぱらぱら捲（めく）りながら、そんなことを考えていた。

日本酒は古くなると酢になる？

日本酒を長く保存したとき、『もう酢になってるんじゃないの？』なんて冗談まじりに言うことはありませんか？

かくいう私もかつては、保存状態が悪いと酢になってしまうのでは？　と考えていました。けれど実は、日本酒と酢は根本的に作り方が異なるのです。

簡単に言うと、日本酒を酢にするためには『酢酸菌』を植え付ける必要があり、この工程を経ない限り日本酒が酢になることはないそうです。

それどころか化学変化によって、よりまろやかな味わいになるという説も。

熟成古酒は呑んだあとの酔い覚めが良く、身体に優しいお酒です。是非一度お試しください。

出羽桜　特別純米　桂山水　十年熟成

出羽桜酒造株式会社

〒994-0044
山形県天童市一日町一丁目４番６号
TEL：023-653-5121
FAX：023-653-0600
URL：http://www.dewazakura.co.jp/

町の寄り合い所

小柱と三つ葉のかき揚げ

柱飯

菜の花の芥子和え

かき玉汁

「まったくよー。今年に限ってなにをあんなに焦ったんだか……」

いつもどおりに『ぼったくり』のカウンターの一席を占めたシンゾウがぶつぶつ文句を言う。

事の発端は桜の開花時期だ。地球温暖化の影響なのか、年々桜が咲く時期が早くなっている。それでもこれまでは、なんとか子どもたちの入学式がおこなわれるころまで咲かずに待っていてくれたのだが、とうとう今年は四月の声を聞く前に花が開き始めた。

『ぼったくり』のある商店街の人たちは、例年春になると花見に繰り出す。

ちょっとした酒と肴（さかな）を携（たずさ）えて、人数もそれなりに揃えて臨むのに、今年に限ってはそんな相談をする間もなく、つぼみがどんどん膨らんでいった。それでも、途中で一回や二回冷たい雨が降れば、花だって一息入れるだろうと高をくくっていたのだが、その雨すら暖かく柔らかく、まさに慈雨……。結局、花見の相談が整う前に満開になってしまった。

間に合わないものは仕方がない。せっかちすぎる花ではあるが、せっかく咲いてくれたのだから、せめて一目見ておこう……ということで、シンゾウとミチヤ、ヒロシの三人は、店を閉めたあと夜桜見物に出かけた。

酒も肴もない、ただ眺めるだけの花見なら、せいぜい派手に咲きまくっているところに行きたい、というシンゾウの希望により、三人はヒロシの車で隅田川まで足を伸ばしたそうだ。

車を近くの駐車場に停めて、しばらく川べりをそぞろ歩きしたものの、なんとなく物足りない。やっぱり花見には酒がつきものだろう、ということで意見が一致した。

だが、車で来てしまったし、運転手だけ蚊帳の外というのもあんまりだ、ということで商店街に戻り、歩いて『ぼったくり』にやってきた、というのが今の状況だった。

「それで、隅田川の桜はいかがでした？」

客としては滅多に店に来ないヒロシやミチヤがカウンターに座ってくれたことが嬉しくて、美音は満面の笑みで訊ねた。

おしぼりで手を拭きながらヒロシが答える。

「きれいだったぜ。急いで咲こうがゆっくり咲こうが満開は満開。風もねえし、バックが暗い空のせいか、ぽわーんとこう白っぽく見えてよー。あれは夜桜ならではだな」

「そうそう、昼の桜もいいけど、やっぱり夜の桜は風情があるな」

ヒロシの意見に、シンゾウはすぐに同意したが、ミチヤはなんだか不満そうにしている。

「いやー、俺は夜の桜は嫌だね。なんか禍々しい気がする。春霞で薄青い空に、ぱーっと映える桜のほうが断然好みだ」

「禍々しい……？　ミチヤは肝っ玉が小せえんだよ。なんにでもすぐびびりやがって。夜の桜はな、『禍々しい』じゃなくて、『神々(こうごう)しい』って言うんだよ」

「うるせえ！　俺はどっかの八百屋みたいに、考えなしの脳天気ってわけじゃねえ。繊細なんだよ！」

「なんだと？　誰が考えなしの脳天気だってんだ！」

「お前の他に誰がいるよ」

隣り合って座りながら、ミチヤとヒロシは小競り合いを繰り返す。

『魚辰(うおたつ)』も『八百源』も何代も前からこの町で商(あきな)いをしているし、ミチヤとヒロシは同い年。母親のお腹の中にいるころからの付き合いである。そのせいで、互いにまったく遠慮がない。

それでも、お互いの困りごとには真剣に向き合うし、長年町内会長を任されているヒロシにとってミチヤは格好の相談役でもある。シンゾウがこの町のご意見番だとしたら、ヒロシとミチヤは実行部隊、丁々発止(ちょうちょうはっし)と渡り合いながら上手にみんなの意見を取り入れ、話し合いをまとめていく。

美音から見ても、町内会運営には欠かせない、実に頼りになるふたりだった。

「まあまあ、昼間も素敵だけど、夜は夜でいい、ってことでいいじゃん。とにかく、シンゾウさんたちは、今年の桜を堪能したってことだよね？」

羨ましそうに馨に言われ、三人は顔を見合わせた。

確かに、美音と馨は今も仕事中、花見には行けていない。満開、しかも隅田川という名所で桜を見物できたのだから、『堪能した』と表現するに相応しいだろう。

ヒロシが、ちょっと申し訳なさそうな顔で言う。

「うん、まあ、あれだ。『堪能』と言うにはちょっとあれこれ足りないが、飲み食いしない分、花をじっくり見られてよかったかもな」

「団子がなけりゃ、花よりほかに見るものもなし、だな」

いや、それは、ちょっと違うのでは……と思ったとたん、馨が突っ込んだ。

「ヒロシさん、それ、『花よりほかに知る人もなし』じゃない？　周りに誰もいないってことでしょ？　花しか見るものがない、って意味じゃないよ」

「お、そうだったか？　まあ馨ちゃん、固いこと言いっこなしよ」

呆れている馨を軽くかわし、ヒロシは壁に掛かっているホワイトボードに目をやった。

そこには『本日のおすすめ』が書かれている。

今日のおすすめは青柳（あおやぎ）の貝柱——小柱（こばしら）を使った料理だった。

「『小柱のかき揚げ』と『柱飯（はしらめし）』かあ……もうすっかり春だなあ」

暖冬かと思いきや、いきなり雪に見舞われたり、その翌日はまたぐっと気温が上がったり……なんだか落ち着かなかった冬もようやく去った。おすすめの料理名から春を感じ取ったのか、ヒロシは随分感慨深げだ。

ミチヤはミチヤで、今日の午後一番で『ぼったくり』に納めた商品に胸を張る。

「今日の『ハシラ』は上物だぞ。噛みしめるとほろっと甘くて、揚げても生でも最高だ！」

「そうそう、ミチヤさんのお墨つきの一品です。たっぷり三つ葉を入れたかき揚げがおすすめですよ」

そう言いながら、美音は既に細い糸三つ葉を刻み始めている。

ミチヤ、ヒロシはさておき、シンゾウが初入荷の小柱(こばしら)のかき揚げを注文しなかったことなどない。ひとり分の三つ葉を刻み終えたところで、美音はミチヤとヒロシを見る。

美音の手元を見ていたふたりはさっと顔を上げて、大きく頷いた。

「俺にもかき揚げ」

「俺も！」

「はーい。じゃあ、三人分ご用意しますね！」

さらにふたり分の三つ葉を刻むと、小さなボールに三つ葉と小柱を入れ、粉をまぶす。天ぷらを作る際は、あらかじめ水で粉を溶くことが多いが、かき揚げは粉をまぶしてから水を入れたほうがまとまりやすい。油に入れたとたん、あっちに三つ葉、こっちに小柱……という悲劇を防ぐ秘訣だった。

まだ父親が存命だったころ、美音はどうしてもうまくかき揚げが作れなかった。あまりにも悔しくて、いろいろな方法でいろいろな食材を揚げ、片っ端から試食した結果、胸焼けでひどい目にもあった。そのときに、父は材料をよく冷やせと教えてくれた。食材だけでなく、粉も水もしっかり冷やせと……けれど、どれだけ冷やしてみてもやっぱりうまくいかない。その後も散々本を読んだり、ネットで調べたりして辿り着いたのが『溶いていない粉をまぶす』という方法だった。

『なんだ……こんな簡単なことだったの。それならついでに教えてくれればいいのに』

と力が抜けたように言った美音を、父親は真剣な眼差しで見た。

『自分で見つけられてよかったな。ま、料理なんてそんな簡単なことの積み重ねだ。どんなに小さなことでも、疎かにしたら仕上がりははっきり違ってしまう。そして、もっと大事なのは、そういう秘訣を自分で見つけることだ。教えられるばかりで工夫ができないやつが作る料理はつまらない。結局、教えてくれた人を越えることができずに終わっていくんだ。自分なりの創意工夫を忘れちゃいけない。なにもこれは料理に限ったことじゃない。人生の全てに通じることだけどな』

それはまさしく料理の道を究め続ける厳しい職人の顔だった。

美音は父から何度も同じことを、時を変え、形を変えて伝えられた。それをできる限り忠実に守ってきたからこそ、今の自分があり、『ぼったくり』があると信じていた。

そんなことを懐かしく思い出しながらも、美音の手はせっせとかき揚げを揚げていく。

三つ葉の緑のあちこちに寄り添うようにくっついている小柱――きれいな円形に揚がった熱々のかき揚げを、油が切れるのを待ちかねたように皿に盛りつけ、三人の前に並べる。

「お……」

「とにかく早く食べて！」

とりあえず感想を一言……と、なりそうだったミチヤを後ろから馨がせっつく。

熱々さくさくを食べてこそのかき揚げだ。感想も講評も後回しでいい、ということだろう。それはもちろん、美音も同じ気持ちだった。

作る側の気持ちがよくわかっているのか、シンゾウはもうとっくに箸を取って揚げ立てのかき揚げを割り始めている。

『カリッ』とも『サクッ』とも聞こえる音を立てて割られたかき揚げが、微かに漂う湯気とともに、シンゾウの口の中に消えた。かき揚げの中から匂い立つ三つ葉と、小柱の海の香り。噛む音までが、春の訪れを喜んでいるようだった。

「あー畜生！　春だなあ!!」

ヒロシが感嘆の声を上げる。かき揚げのあとからビールを流し込んだミチヤも唸った。

「うー、ビールが旨い！　揚げ物にはやっぱりビールだな！」

「賛成！　揚げ立てにきりっと冷えたビールは最高だ」

しきりにビールとかき揚げの組み合わせを褒めるふたりを尻目に、シンゾウは悠々と冷酒のグラスを傾ける。

「そうとも限らねえぞ。天ぷらは和食の親玉みたいな料理だ。日本酒だってぴったりだ」

「シンさんが呑んでんの、なんて酒だい？」

シンゾウの手にあるグラスを覗き込んで、ミチヤが訊ねた。

シンゾウはにやりと笑って、自分のグラスをミチヤに差し出した。

「ちょっと呑んでみろよ」

ミチヤはどちらかというとビール党で、たまに『ぼったくり』を訪れたときも、最初の一杯はビールと決めている。とはいえ、日本酒が嫌いかというとそうではない。二杯目、三杯目に日本酒を選ぶこともあるし、魚を商っている手前、日本酒と魚料理の組み合わせには興味津々なのだ。

「じゃあ、ちょいと失礼するよ」

ミチヤはシンゾウに軽く会釈し、渡されたグラスから一口酒を啜った。

「なんだこれ⁉　俺が知ってる日本酒とは全然違う！」

目を白黒させているミチヤを見て、馨が噴き出した。

「シンゾウさん、あらかじめ教えてあげればいいのに！」

「いやいや、変な先入観を与えちゃいけねえだろ」

味覚なんて主観的なもの、まずは自分の舌で味わってみるのが大事、なんてシンゾウはしたり顔をする。間違ってはいないが、今、シンゾウが呑んでいるのはかなり個性的な酒だ。

普段から甘くてフルーティな日本酒を好むミチヤにしてみれば、予想外すぎる味だったに違いない。

「大丈夫ですか？　ミチヤさん」

チェイサーにお水でも……とグラスを用意している美音を押しとどめ、ミチヤはふう、と息を吐いた。

「大丈夫だ。ちょいと驚いただけだ」

「シンさん、俺もちょいと味見させてもらっていいかい？」

個性的な酒と聞いて興味が湧いたのか、ヒロシがシンゾウを窺うように見た。

シンゾウは、もちろん、とばかりにグラスをヒロシのほうに押す。

ところが、一口呑んだヒロシは怪訝な顔になった。

「そんなに違う……か？」

「おまえの舌は馬鹿舌だな！」

妙に嬉しそうにミチヤが笑った。

「ほんのり……そうさな、春先の山菜みたいな味わいがある。俺みたいに繊細な舌を持ってないと、気が付かねえよ」

「へえ……繊細ねえ……」

「確かに、この酒の特徴に気が付いたのなら、かなりの『繊細な舌』だ。だが、舌が繊細だからって、性格までそうかどうかは……」

「シンさんまで！　ひでえ！　俺は上から下まで繊細な男だよ」

「ま、今日のところはそういうことにしといてやるか」

鷹揚に頷きながら、シンゾウはまた一口酒を含む。

シンゾウのグラスに入っているのは『上撰　純米大吟醸　松の翠』、京都伏見にある株式会社山本本家が醸す酒である。

藤の花に似ていると言われる香りと、少し辛口のすっきりした飲み口を持ち、冷やして呑むと白身魚や鴨ロースといったあっさりした和食の魅力を引き立たせてくれる。ミチヤは普段から濃い味つけの料理を好み、同じ純米大吟醸でもフルーティで調味料の味や香りに負けないしっかりしたタイプばかり選んでいる。そんなミチヤにとって薄味でさっぱりした料理にぴったりの酒は、未知の味だったに違いない。

同じものを口に入れても、感じ取る味が違う。その味を気に入るかどうかまで含めて、味覚というのは人それぞれなのだろう。

他のふたりが感じ取った違いに、ひとりだけ気付かなかったヒロシは、悔しそうに言う。

「同じ日本酒。どれも米と水からできてるんじゃねえか。そんなに差が出るわけがねえ！」

ミチヤはミチヤで、日本酒なのに、なんで……と不思議そうにグラスに見入る。

「ヒロシ、まあそういきり立つな。それに、この酒にはもっとすごい特徴があるんだ」

そう言うとシンゾウは、美音に新たな注文をした。

「美音坊、この酒をぬる燗にして……ってもう用意済みか。さすがだな」

シンゾウは感心したように美音の手元を見た。美音はまさに今、酒が注がれた徳利を、やかんの湯に沈めようとしているところだった。

少し温度が低めの湯の中で、ゆっくりゆっくり酒を温める。しばらくして燗がついた酒を、美音はカウンター越しに、ミチヤとヒロシの猪口に注いだ。

「はい、どうぞ。お試しください」

ミチヤは、おそるおそる、といった様子で口に含み、舌の上で転がすようにしたあと、驚きの声を上げた。

「……さっきと、ぜんぜん違うじゃねえか！」

「でしょ？　このお酒は純米大吟醸なのに、すごく燗上がりするんです。表千家のお家元から銘をいただいて、お茶席にも使われてるお酒なんですって。確かに懐石料理にとっても合いそう……」

「俺はもともと味の特徴なんてわからなかったけど、こいつは呑みやすい……」

少なめに注がれた酒をくいっと呑み干し、ヒロシはまた猪口を差し出す。

「これは好きだ。美音坊、もう一杯くれ」

「俺も！」

美音から徳利を取り上げたシンゾウが、ヒロシとミチヤに注いでやりながら、ちょっと自慢げに言う。

「ま、日本酒の妙ってところだ」

「まいったよ。さすが伏見酒、奥が深いねえ」

「お前も、この酒ぐらい深みが出ればなあ……」

「ヒロシ、お前にだけは言われたくねえ！」

ミチヤがヒロシに言い返し、店内にまた笑いが溢れた。

「美音坊、酒くれー！」

そう言いながら、からりと引き戸を開けて入ってきたのは、マサだった。

珍しく不機嫌そうな顔で、もうやってらんねえ！　と吐き捨てつつ、どすんと椅子に腰を下ろす。

マサは植木職人なので、それなりに威勢はいいが、不機嫌な顔は滅多に見せない。それだけに、いったい何があったのだろう、と心配になってしまう。

「マサさん、なにかあったのかい？」

かき揚げを割っては、天つゆと塩で交互に口に入れていたミチヤが声をかけた。

「なんだ、ミチヤとヒロシかい」

声をかけられて初めて、マサはミチヤとヒロシに気付いたらしい。

「いつもは納めに来るばっかりなのに、客になってるなんて珍しいじゃねえか」

「そっちこそ、どうした？　あんたの仏頂面はあんまり見たことねえ」

「とりあえず、お酒は『朝日山』でいいですか？」

「頼む」

美音は、マサのお気に入りの『朝日山　百寿盃』をたっぷり枡に零して注ぐ。枡ごとをカウンター越しに渡しながら、美音は三人がここにいるわけを簡単に説明した。

「花見か……。おまえらにしちゃ風流だな。だが、いいところで会ったよ。町内会長、ちょいと聞かせてくれねえか？」

「お？　なにごとだ？」

『町内会長』と呼ばれたヒロシは、椅子に座り直し背筋を伸ばしてマサを見た。

「この町に、寄り合い所を建てるって話があったよな？」

「あったといえばあったが……」

マサの言葉を聞いたとたん、ヒロシは微妙な顔をした。

町内会によっては、打ち合わせや老人会、子ども会の催事に使う町内会館を持っているところも多い。近隣のちょっと大きな町内会であれば、倉庫を兼ねた寄り合い所を持っていて、小さいものでは公園掃除の道具から運動会で使うテント、もっと大物では祭りの御輿まで入れているところもある。町内会館、寄り合い所、自治会館、いろいろな呼び方をされているが、とにかくそういった施設を持っていて、そこに町内の年寄り連中が集い、茶飲み話にふけることもあるという。

だがここの町内会には、そういった施設がない。そのため、町の人たちが打ち合わせをするときは、町内会長の自宅を利用したり、開店前の『ぼったくり』を使ったりしてきたのだが、年寄りのお茶会までは頼めないし、そもそも人数が多くなったら入りきれない。やはり寄り合い所が欲しい――ということで、この町の住民は、随分前からお金を積み立てていた。

ところが、最近になって、寄り合い所を建てる計画に反対するものが出てきた。

時代は変わり、人と人との関係は薄れた。老人会も子ども会も、加入している人間は町内会の中のほんの一握り。町内会費の中から積み立てた資金を、そんな一部の会員しか利用しない寄り合い所のために使うのはいかがなものか、という声が上がってきたのだ。

最大の理由は、すぐ近所に新しい公民館ができたことだ。

会議室の他に、ちょっとした運動ができるホールもあり、住民の打ち合わせや行事は、そこでおこなうことができる。掃除道具や備品を入れておく倉庫もある。

それならもう寄り合い所を建てる必要はない……ということで、つい先頃おこなわれた町内総会で、寄り合い所建設計画の中止が発表された。

どうやらマサはそれが気に入らないらしい。

「若い者にしてみりゃ、そんなものはいらねえ、って言いたいんだろうけどよ……」

マサは、グラスの酒を一息に半分ほど呑み、でもよー、と続けた。

「うちの婆さんたち、けっこう楽しみにしてたんだ……寄り合い所が建つの」

「あー……そうか……」

商売をしている者は忙しくてあまり参加できないが、そうでない者は、時間があるときに集まってお茶を飲んだり、四方山話にふけったりしている。

だが、一口にお茶を飲むといっても、外に出れば無料というわけにはいかないし、何時間もいられるわけではない。かといって、ウメのようにひとり暮らしならまだしも、定年退職した夫が家にいたり、同居している娘や息子一家がいたりで、そう頻繁に家に人を呼ぶわけにもいかない。

町内に寄り合い所があれば、お茶代も時間も、家族への遠慮もなしに、存分におしゃべりができる。現に、近隣の寄り合い所を持っている町内会では、年寄り連中がそんなふうに過ごしているし、倉庫に大鍋やコンロを保管し、花見だの敬老の日だのと理由をつけては、みんなで豚汁やカレーを作って楽しんでいるそうだ。

マサの妻のナミエをはじめとする町内会の女性たちは、そんな近隣の話を耳にするたびに羨（うらや）ましいと思っていたのだろう。そして、いつか自分たちも……と、この町に寄り合い所ができる日を楽しみに待っていたに違いない。

「うちのみたいに、ずっと家にいるかみさん連中にとって、おしゃべりってのは絶好の鬱憤晴（うっぷんば）らしらしい。ひとつところに集まって、亭主の悪口を言いまくる。

こちとらくしゃみが止まらなくなるが、かみさんたちの機嫌がよくなるならそれもありだと俺は思ってる。だからこそ、『もう作りません』ってはっきり言われて参っちまったんだよ」

寄り合い所の建設中止を聞いてから、マサの妻は相当落ち込んでいるらしい。それどころか、落ち込むだけ落ち込んだあと、今度は八つ当たりを始めたそうだ。

「あのナミエさんが八つ当たり⁉ それって、どんなふうに？」

馨が、驚きの声を上げた。ナミエはかなり物静かな人だし、血圧が高い夫を心配して近所に相談を持ちかけたりするほど、夫思いでもある。そのナミエが八つ当たりと聞けば、驚くのも無理もなかった。

「あ、いや、八つ当たりっていうのはちょっと違うかもしれねえ……。とにかく、俺たちが、ヒロシにちゃんと年寄り連中の意見を伝えなかったのが悪いって責めやがるんだ」

「あー……それはそうかも……」

「馨ちゃんまでそんな……。でもよー、別に俺たちだって、なんにも言わなかったわけじゃねえんだぞ」

そしてマサはヒロシをじろりと睨む。

「俺だって、シンさんだって、何度も言ったよな？　かみさん連中がずっと楽しみにしてきたんだからなんとかなんねえか、ってさ」

「いやでも……ちゃんと多数決で……」

「まあな。確かに町内会の話し合いでは、いらねえって意見のほうが多かった。でも、それを決めた話し合いの参加者は圧倒的に若いもんが多かったじゃねえか」

「えーそうだったの？　でも、うちの町内会って、若い人のほうがずっと少なくない……？」

馨が不思議そうに訊いた。

確かに、この町内会は若者が少ない。未成年と大学生を除いて、町で一番若いのが馨、その次が『豆腐の戸田』と『加藤精肉店』の若夫婦、このあたりまでが二十代。そのあとは美音と裏のアパートに住む早紀の両親あたりまでが三十代、ウメの息子夫婦ぐらいが四十代の入り口、あとは軒並み五十代以降になってしまう。

参加者が若者ばかりだったと聞いて首を傾げるのはもっともだろう。

だが、マサは苦虫を噛み潰したような顔で言う。

「比較の問題だ。俺に言わせりゃ、還暦前の連中はみんな『若いもん』なんだよ」

「あ、そこがボーダーなんだ……」

なるほどね、と呟く馨を無視して、マサはさらにヒロシを睨み付ける。

「年寄りに優しい町じゃなかったのかよ、ここは！　え、ヒロシ、どうなんだ？」

マサの剣幕に、ヒロシは返す言葉を見つけられずにいる。やむなく美音は、ヒロシの代わりに口を開いた。

実は、この話の経緯について、美音はかなり詳しく知っている。話し合いがおこなわれたのが『ぼったくり』の営業時間中だったため、美音は参加できなかったものの、翌日シンゾウが説明に来てくれたのだ。

「あの……マサさん。寄り合い所を作らないって決めたのは、なにもお年寄りを蔑ろにしようとしたわけじゃなくて、単純にお金の問題だったみたいよ」

「それは聞いた。だが、『いつかは……』って思ってこれまでちょっとずつ積み立ててきたんだろ？　これからも続けていきゃいいじゃねえか」

なにもきっぱり無理、やらない、なんて宣言して年寄りの楽しみを奪うことはない、というのがマサの意見だった。

だが、その『いつかは……』があまりにも遠すぎて、実現の可能性がほとんどない。

それが、寄り合い所建設計画が中止になった本当の理由なのだ。

そのあたりがマサ夫婦に伝わっていないことが問題なのだろう、と思いつつ、美音は説明を重ねた。

「シンゾウさんが言ってたんだけど、寄り合い所についての話し合いをするにあたって、土地とか建物にかかる費用をちゃんと計算してみたんですって。そしたら、今の調子で積み立てていっても、必要なお金が貯まるまでにあと二十年ぐらいかる、ってことになっちゃったみたいなの……」

決して多くはない町内会費から少しずつ積み立ててきたけれど、貯まっている金額では土地を買うことはおろか、プレハブひとつ建てることができない。

このまま続けても、実際に寄り合い所が建つころには、お金を積み立てた人たちのうち、どれぐらいの人数が利用できるのか。お金を払った人と、使う人が違うというのはちょっとおかしいのではないか——それが『還暦未満』の人たちの意見だった。

「むしろ、お金だけ払わせて、実際には使えない可能性のほうが高い。それじゃあ、申し訳なさすぎるって話だったみたいよ」

美音の説明に、マサはちょっと驚いたようだったが、それでも気を取り直したように言う。

「なんともありがたい気遣いだが、それって今まで積み立ててきた分だって同じじゃねえか？　せっせと町内会費を払ったけど引っ越しちまった、とか、最悪、あの世に住み替えたとか……払いっぱなしになるやつなんていくらでもいるだろう」

「そうなの。だからこそ、やっぱりおかしい。そんな人をこれ以上増やさないでおこう、ってことになったそうよ」

お金を払った人がその恩恵を受けられない。それは町内会として、望ましいことではない。さらに、たとえ二十年後に建てるにしても、場所選びの問題があった。

町内会の寄り合い所というからには町内に、かつお年寄りたちが自分の足で歩いていけるぐらいの距離になければ困る。けれど、この近隣には相応しい土地がなかった。

これから二十年のうちに空き地が出たとしても、ここだって都内の端くれなのだ。地価は目の玉が飛び出るほどだし、借りるだけでも相当な金額になる。

建物にしても、寄り合い所は人が集うことが目的の場所だから、ちょっと揺れたら潰れるような安普請では困る。しかも、建てたら終わりというわけではない。維持費や光熱費もかかるし、税金もかかる。それらをいったい誰が払うのか……

これまで『いつかは……』を夢見てなんとなくお金を貯めてきたが、実際に建てることを前提に検討すると様々な問題が出てきた。

町の年寄りたちがずっと楽しみにしてきたこともわかっていたし、絶対に必要ない、とまでは言えない。大きな災害が起きたら、避難所としても炊き出し所としても使える。

それでもやはり、実現の可能性はとても低い。このまま積み立てを続けるよりも、きっぱり中止したほうがメリットがあるだろう、というのが大多数の意見だった。

そこまで聞いて、マサが憮然として訊ねた。

「中止するメリット？　おい、ヒロシ。それは、うちの婆さんが聞いたら納得できるものなのか？」

マサに詰め寄られたヒロシは、さらに困った顔になり、シンゾウとミチヤ、それから美音の顔を見回した。

「これ……言っちまっていいのかどうか……」

「かまわないから、説明してやりな。まだ決まったことじゃないから、口に出しづれえってのはあるだろうが、このあたりの年寄りみんなが気になってることだ」

シンゾウに背中を押され、ヒロシは、本当にまだ決まってないことだけどな、と念を押して話し始めた。

「貯まってる金で、町内の家全部に防災用品と非常食を配ろうって案があるんだ」

この町は他の町よりもずっと横の繋がりがある。災害が起こったときも、みんなが助け合うに違いないが、やはり備えは必要だ。

最低でも二日から三日分の非常食と水、救急用品やヘルメット、懐中電灯、携帯トイレ、ラジオ……といったものは、各家庭で用意しておくほうがいい。

もちろん、既に用意している家庭もあるだろうけれど、用意したのは何年も前、それきり忘れていてふと気付いたら使用期限が切れていた、あるいは電池が液漏れを起こしていた、などということが起こりがちだ。

そうならないように、町内会で注意を促(うなが)して、毎年定期的に点検し、使用期限切れのものは入れ替える。それに先だって、最低限のものを町内会から配布してはどうか。

これまでにも、そんな意見が何度か出ていたが、全戸となったらけっこうな金額が必要となる。そんなお金はない、ということで見送られてきた。けれど今回、寄り合い所の建設中止案が浮上し、それなら積立金を防災用品と非常食に使えばいいのではないか、という意見が出てきたのだ。

各家庭に防災用品を配るとともに、停電が起きてもしばらくしのげるように発電機やテント、毛布、水の大型タンクなどを用意する。

大規模な災害が起こったら、自治体や国の支援を待っている余裕はない。自分たちでなんとかできるなら備えるに越したことはない――それが、町内の役員会で話し合われた概要だった。

「ま、そんな感じだ。とはいっても、長年積み立ててきた金の使い道だから、勝手に決めちまうわけにはいかねえ。これからみんなの意見を聞いて……っていうのが現状だ」

ヒロシの説明に、マサはなるほどなあ……と大いに納得した様子だった。だが、次の瞬間、ふと首を傾げた。

「いや、だが……その発電機やらテントやらを、いったいどこに置く気だ？　それこそ寄り合い所と倉庫が必要って話にならねえか？」

「問題はそこなんだよなあ……」

今までも、町内会にはヘルメットや懐中電灯程度の備品があった。ただ、それらの保管については、代々の町内会長任せになっており、今はヒロシが自宅に置いている。ヘルメットと懐中電灯ぐらいならなんとかなっても、テントや発電機、大型タンクに毛布……となったらさすがに置き場所がない。置き場所が決まらない限り、この話も進まない……ということで、この計画は止まったままになっている。

「寄り合い所を建てる金で防災対策をする。するってえと、それらを置くための寄り合い所が必要になる……。役員たちも途方に暮れちまってなあ……」

「そうか……。そいつぁなんとも……大変だな……」

弱り果てたヒロシの様子に、マサは、店に入ってきたときの勢いを完全に削がれてしまったようだ。

どうやらマサも、ヒロシたちがただ面倒だからとか、需要がないからとかいう理由で寄り合い所を建てることをやめたのではなく、それ以上に必要な物があるのではないかと考えた結果のことだと気が付いたらしい。

ヒロシは口にしないけれど、もしかしたら最初に防災対策の必要性が説かれて、それにはお金がいる、じゃあどこから？　となったときに、寄り合い所の建設積立金に目をつけたのかもしれない。

「まあ、今のところ、そういう感じなの。だからマサさん、ナミエさんに……」

美音は、うまく説明してくれないかしら……という気持ちを込めてマサを見た。

それに応(こた)え、マサはしっかり頷いた。

「わかった。とりあえず、こういう状況だってことは話してみる。婆(ばあ)さんたちにしたって、こないだの震災で恐い目を見たんだから、防災対策が大事だってことぐらいわかるさ。にしても……なかなか収まりがつきそうにない話だ。大変だな、ヒロシも」

「まあ、そういうこと。マサさん、よろしく頼みます」

最後は、ヒロシが深々と頭を下げて、その話は終わりになった。

†

要の帰宅は、午前零時を少し過ぎたころだった。

結婚する前、要はたとえ忙しくても『無理をしてでも君の店に行った』と言ってくれた。その言葉は嘘ではなかったらしく、『無理をしていない』今は、午後十時、十一時は当たり前、このところは午前様になるような遅い帰りが続いている。

それでも、その時分になると美音が店を閉めて階上の自宅に戻れるため、帰宅した要をひとりにせずに済むというメリットもあった。

無理を押して店に来てもらわなくても毎日要に会える生活――それは美音にとって予想以上に嬉しいものだった。

結婚する前も、閉店時刻になれば暖簾（のれん）をしまい、客と店主ではなく恋人同士の時間に切り替えていた。けれど、そのときふたりがいるのは『ぼったくり』という美音の職場で、自分たちの家に戻って過ごすのとは気の休まり方が違う。楽な服装に着替え、お疲れさま、と言い合ってから寛ぐ時間はまさに珠玉だった。

一緒に暮らし始めてわかったのは、要が本当に生活のあれこれを自分でこなせる男だということである。

彼は毎日、脱いだスーツを自分でハンガーにかける。日によっては、ズボンプレッサーにスラックスをセットするし、クリーニングまで自分で出しに行こうとする。

それぐらい私がやっておきます、と言っても、クリーニング屋は目と鼻の先だから……なんて譲ってくれない。自分は日中家にいる。さすがに少しぐらい奥さんらしいことをさせてほしいし、クリーニング屋の店主のタミにも会いたいから、と理由をつけて、スーツその他を無理やり奪っているような感じなのだ。

着替え終わって居間にやってきた要に今日の様子を訊ねられ、美音は一番気になる話題だった寄り合い所について話した。

ダイニングテーブルに腰かけて、一杯やっていた要は聞き終わるなり言う。

「ふーん……そうか、やっぱりそういう意見は出てくるだろうな」

「やっぱり、ってどういうことですか？」

「いや、老人会とか長老会とかって女性が多い気がしてさ……。集まって茶飲み話をするのも好きそうだし、気楽に集まれる場所が欲しいって思うのは当然だろう」

「そうですね……」

「ま、そうやってちゃんと人と話をするから、いつまでも元気だし、認知症にもなりづらいのかもしれない」

「確かに。孤独は認知症のリスクを倍増させる、人と話をすることが大事だって、散々言われてますからね」

少子高齢化社会の訪れに伴って、認知症対策は大きな問題となった。認知症は当人も家族も辛い。どうすれば認知症にならずに済むかについての情報は、巷に溢れている。

周りに年寄りは多いし、祖父母や母が健在な要と結婚した今、美音にとっても他人事ではないということで、美音もそういった情報を気にかけていたし、要も同様だった。

「で、結論は出そうなの？」

なかなか難しそうな問題だけど……と要は心配そうに訊いた。

「それが、どうしても話が堂々巡りになっちゃうんですよね」

「だろうな……。倉庫をかねた寄り合い所を建てられるような場所が、町内にあればいいんだけど、どう考えても思い当たらない」

「たとえ場所があっても、お金がないんですよ」

「金かあ……じゃあ、うちのくそ爺でもたらし込んで……」

「だーめーでーす！　お店のカウンターならまだしも、これは町内会の話なんでんじゃない？」

「そうかな。壁にでかでかと『佐島建設謹呈』とか入れれば、宣伝になっていいすから！」

「要さん！」

「冗談だよ」

そんなに目を吊り上げないでくれよ、と大笑いしたあと、要はふっと真顔になった。

「どこかに空き家でもあればいいんだけど……」

「空き家もないですね。この町は大人気、住みたい人が行列を作ってます」

行列はちょっと言いすぎですけどね、と美音は笑った。だが、それに近い状態であることは間違いない。以前、早紀の母親が言っていたが、アパートに空きが出るとわかるやいなや、次の入居者が下見に来て、そのまま決まってしまう。それどころか、空きが出たら知らせてくれ、と不動産屋に頼み込む人間もいるとのことだった。

「まあ、アパートに空きが出ても仕方ないですけどね」

美音はそう言いながら、空になったグラスに酒を注いだ。要は黙って酒を一口啜り、しばらく考えたあと、はっとしたように言う。

「空き家はなくても、空き店舗はあるよね？」

「空き店舗……もしかして葛西さんのことですか？」

「ごめん、名前まで覚えてない。確か、秋に店じまいした本屋……」

「やっぱり葛西さんですね。それで、葛西さん――タケオさんがなにか？」

「あの店、今はどうなってるの？」

「どうって……。別にどうにもなってません。ずっとあのままです」

この商店街には日常生活に必要な店が一通り揃っている。飲食店なら入り込む余地があるかもしれないが、もともと書店だから、その場合、水回りの大がかりな改築が必要になってしまう。なにより、あの建物はタケオの持ち物で、今も夫婦が階上で暮らしている。頼まれれば考えるかもしれないが、積極的に人に貸すつもりはないに違いない。

「子どもさんとかが、新しい商売をするとか？」

「タケオさんはお子さんがいないんです。新しい商売をするおつもりもないと思いますよ」

同じ商店街で商い（あきな）をしている立場としては、シャッターを下ろしたままの店があるのは望ましくない。けれど、長い付き合いだから、この町からいなくなられるのは寂しい。本人たちも、いずれ建物ごと処分して特別養護老人ホームに入るつもりだ、と言っているし、それまではこのまま……ということになっていた。

「ってことは、店は空っぽ。使う予定もない、ってことだね？」

「はい。中にあった本はみんな返しちゃいましたから、がらんどうです」

「じゃあ、とりあえずそこを借りるわけにいかないのかな？」

「え？」

もともと本屋だったなら、奥に倉庫もあるはずだ、と要は言う。

あまり大きな倉庫を持っていなかったとしても、店舗スペースの半分ぐらいを使えば、町内会の防災用品を置くことができるのではないか。さらに、残りの半分に少々手を入れれば、『おしゃべりスペース』、つまり寄り合い所としての機能も備えられるのではないか、というのが彼の意見だった。

「防災用品なら商店街の中にあったほうがいいし、シャッターを閉めっぱなしにしておくよりも、町の人たちの憩いの場になったほうがいいと思う。それに、そういう場所があれば、雨の日とかに遊ぶ場所に困った子どもたちが、寄ってくれたりしないかな？」

「児童センターみたいに……？」

「そう、それ！　親が仕事とかでいなくて家に帰ってもひとりぼっちになっちゃうような子が、宿題を持って集まれる場所になったらいいなあ……」

「それはいい……かも」

　美音自身、学校から戻るころには両親は店に行っていて不在だった。美音は馨がいたからひとりぼっちではなかったけれど、本当にひとりになる子どももいるだろう。そんな子どもにとって、安心して出かけられる場所があるというのは、かなり嬉しいことに違いない。

「たとえ少しでも葛西さんに賃貸料を払えれば理想的だと思う。とはいっても、葛西さん自身がどう考えるかによるけど」

そんな面倒なことは引き受けたくない、と言われる可能性は大いにある。自分たちが住んでいる足下に、日常的に他人が出入りするのは嫌だと思うかもしれない。

かつては書店を営んでいたにしても、今は夫婦ふたりの静かな暮らしを楽しんでいる。賃貸料にしても、町内会が払える額なんてたかが知れている。小遣い程度と引き替えにする気になるかどうか、大いに疑問だと美音も思った。

「難しいところですね……。なんなら一度、ヒロシさんに相談してみましょうか?」

なんといっても町内会長ですし、という美音の意見に、要は首を傾げた。

「まあ、ヒロシさんは頼りになるしね……。でも、その前に、葛西さんご夫婦の意見を聞いてみたほうがいいかもしれない。町内会長まで話を持っていっちゃうと、断るに断れなくなる可能性もある」

「そういうこともありますね。あ、じゃあ、アキラさんに訊いてもらうとか？」

電化製品の取り付けを請け負う会社に勤めているアキラは、『葛西書店』のエアコンのメンテナンスを担当していた。

古いエアコンだったため故障も多く、年に何度か『葛西書店』に赴いていた関係で、タケオとも懇意。閉店すると決まったときはそれは寂しそうだった。

今でもタケオは、夕方になると二階から下りてきて、所在なげに道行く人を眺めているが、アキラを見つけると必ず声をかけるそうだ。あらかじめ頼んでおけば、タケオの意見を聞いてもらうこともできるだろう。

「アキラさんなら、うまくタケオさんの気持ちを聞き出してくれると思います」

「うん。それがいい。まったくその気もないのにそんな話を持ち込んじゃ気の毒だし」

「わかりました、次にアキラさんが来たら、こっそりお願いしてみます」

じゃあとりあえず、この話はここまでで……と、美音は食事の用意をすることにした。

「今日はなんのご馳走？」

「柱飯と菜の花の芥子和え。あとはかき玉汁です」

「いいねえ。疲れて帰ってきて、そういう胃に優しそうな飯は本当にありがたい」

「小柱と三つ葉のかき揚げもできます」

「あー……それはパス」

「え……お腹の具合でも悪いんですか？」

要は普段から食欲旺盛で、揚げ物も好きだ。それを断るとなると、どこか具合が悪いのではないか、と心配になってしまう。様子を窺うように見ている美音に、要は笑って言った。

「どこも悪くないよ。ただ、揚げ物は後始末が大変だ。家でまでやらなくていいよ」

揚げ物が食べたくなったら『ぼったくり』に行く。君は、家で揚げ物をしたくない人たちのためにしょっちゅう店で油を使っているのだから、君自身もそれに甘んじればいい、と要は言うのだ。

「でも、私は慣れてますし……」

面倒でもなんでもない、と油を用意しようとする美音を押しとどめて、要はさらに付け足した。

「それに、おれもそろそろ、食いたいからって時間を考えずになんでも食っていい年代じゃないしね」

残念だけど、と要は壁にかかっている時計を指さした。

確かに、針は既に午前一時に近いところを指している。本来ならもっと早い時間に食事を済ませるべきなのだが、どうしても美音の料理が食べたいと言ってこの時間になっている。それならせめて内容だけでも考える必要がある、と言われればそのとおりだった。

「じゃあ、小柱の旬は夏まで続きますから、かき揚げはお休みの日にでも……」

「そうさせてもらうよ。もっと早い時間にね」

「了解です」

そして美音は、摺り下ろしたわさびを醤油に溶いて、そこに小柱を浸す。かき揚げに使うつもりだった三つ葉も細かく刻み、小柱と一緒にボールのご飯にまぜ込んだ。温かいご飯に温められ醤油の香りが一気に立ち上り、要が鼻をひくひくさせる。香ばしい匂いは、深夜の胃袋を大いに刺激したようだ。

美音は出来上がった柱飯を小ぶりの茶碗によそって、要の待つテーブルに運んだ。

「はい、温かいうちにどうぞ」

「きれいな緑だ。このご飯を見ると、春だなあ……って思うよ」

「ほんと春っぽいですよね」

「あーこの控えめな海の香りがなんとも……」

しゃりっとした三つ葉の歯ごたえと合間に紛れる小柱。その小柱を噛むたびに口の中に広がる貝類独特の甘み……

ただわさび醤油に浸してまぜただけなのに、なぜこうも……要は唸りながら完

食。即座に茶碗を突き出した。

「おかわり！」

「要さん、いくらあっさりしてても食べすぎはやっぱり……」

「いい。あとでしっかり運動する」

「運動って、今から走りにでも行くんですか？」

要が時間を見つけてはジムに行っていることは知っていた。でも夜中のこんな時間に行くことはないだろう。それ以外の運動といったら、そこらをジョギングするぐらいしか思いつかない。

美音はなにもこんな夜中に走らなくても……と言いかけて、要の眼差しに気が付いた。あからさまに邪……というか、完全に目が弓形になっていた。

夫婦が夜中にする運動なんて、他にないだろう……と夫はにんまりしている。美音と違って、要は朝から出社しなければならない。そんなことをしていたらあっという間に朝になってしまうし、疲れだって取れない。

まったくもう……と思いながら、美音は温めたかき玉汁のお椀をテーブルにとん、と置いた。

「あちっ！」

「熱い物を食べて体温を上げると、カロリーもたくさん消費されるんですって！」

必要以上の熱さに驚いて声を上げる要に、今度は美音がにんまり笑った。

青柳のこと

『青柳』はバカ貝のことだと思われがちですが、正確にはちょっと違います。『青柳』というのはバカ貝の殻を剥いた可食部のみのことをいうそうです。さらに、青柳はそのままお寿司に使われるだけでなく、身の部分である『舌切り』と貝柱である『小柱（あられ）』に分けられ、ぬたになったり、天ぷらや柱飯になったりするというわけです。
ちなみに『青柳』は、江戸時代の寿司職人たちが、主な産地だった青柳（千葉県市原市）の地名を取って呼び始めた、とされています。バカ貝の名前は『破家貝』——貝殻が薄くて割れやすいことからきているという説もありますが、やはり『馬鹿』のイメージのほうが強く、品書きに『バカ貝』と書くわけにはいかなかった寿司職人たちの苦肉の策だったのでしょうね。

上撰　純米大吟醸　松の翠

株式会社山本本家

〒612-8047
京都市伏見区上油掛町 36-1
TEL：075-611-0211
FAX：075-601-0011
URL：http://www.yamamotohonke.jp/index.html

春爛漫

手こね寿司

鰹のタタキ

鰹の銀皮造り

なまり節とキュウリの和え物

『目には青葉　山ほととぎす　初鰹（はつがつお）』という山口素堂（やまぐちそどう）の有名な俳句に詠（うた）われているように、新緑は初鰹の季節に重なる。

『魚辰』の店主ミチヤが、発泡スチロールのトロ箱に入った鰹を持ってきたのは、桜も葉桜に変わり、新一年生がランドセルにようやく慣れた四月末のことだった。

「美音坊、お待ちかねのが入ったぞ！」

「うわー嬉しい！　なんてきれいな縞（しま）模様！」

「今朝水揚げされたばっかりのやつだ、さあ持ってけ泥棒!!」

「やだ、ミチヤさん、泥棒なんて人聞きの悪い」

「おっと、ごめんよ。ついな。じゃあこれ置いてくぜ」

「はい。いつもありがとうございます！」

トロ箱の中には見事な流線形の鰹が二本入っていた。言うまでもなく、初鰹だ。

昨今、なにをもって初鰹とするか、というのが曖昧になっているようだが、本来『初鰹』というのは、『毎年の漁獲期の最初期（初夏のころ）に捕獲された鰹』だそうだ。つまり、本当に最初に水揚げされたものだけではなく、複数、しかも各地に存在することになる。

報道で取り上げられるのは、鰹の名産地高知などが多く、美音も、随分前に高知で初鰹が揚がったというニュースを目にしていた。とはいえ、高知の初鰹はやはり高値、『ぼったくり』で扱える価格ではない。

だが、近場の房総半島でも鰹は水揚げされる。時期は少し遅くなるけれど、房総で獲れたものでも初鰹であることに違いはない。そもそも、初鰹という言葉自体が既に『初めて』という概念を離れ、この時期に水揚げされる鰹の総称として使われているのだ。

それなら、産地が近く鮮度が落ちないうちに手に入り、値段だって手の届く範囲にある房総の鰹（かつお）を使わない手はない。ということで、美音は房総の漁港に鰹が揚がる日を待ちわびていたのである。

くっきり浮き出た縞模様は、鰹が水揚げされたばかりであることを示している。

水族館などで見たことがある人もいるだろうけれど、実は生きている鰹には縞模様はない。釣り上げられ、息絶えた瞬間から縞が浮き出て、鮮度が落ちるとともに薄れていく。縞模様があるかないかというのは、一目でわかる鰹の新鮮さのバロメーターなのである。

おまけに、鮮度が落ちれば徐々に黒ずみ始めるエラも、目の前の鰹は真っ赤。まさに『新鮮の証（あかし）』だった。

美音は、大満足の笑みを浮かべつつ、鰹をまな板に載せる。

思い切りよく出刃包丁を入れ、頭を落とし、内臓を抜き、三枚に下ろす。鰹一本につき四つ、二本で合計八つの柵（さく）が取れる。まずは刺身用の四つを冷蔵庫にしまい、残ったうちの二つには扇状に串を打つ。もちろん、『鰹のタタキ』にするためだ。そして、最後の二つは少しもったいないかな……とためらいつつも、思い切って蒸し上げる。鰹を蒸した『なまり節』で作る和え物や煮付けは、酒の肴としてもってこいだった。

鰹を捌き終えた美音は、ほっと安堵の息を吐き、手をきれいに洗った。

美音は鯵や鯖、秋刀魚といった小さめの魚は自分で捌くことができるが、それ以上となるともっぱらミチヤ任せだ。プロの魚屋のほうが上手に捌けるに決まっているし、『ぼったくり』の台所で大物を扱うのはちょっと辛い。

だが、鰹に限っては丸のまま持ってきてもらうようにしている。このきれいな縞模様を確かめたいという思いと、大物を捌く練習のためでもあった。

それでも、一度に二本となるとやはり疲れるし、鰹は足の早い魚だから処理は時間との闘いとなる。無事捌き終えて、やれやれ……となるのは当然だった。

冷蔵庫にあったウーロン茶で一息入れていると、買い物に行っていた馨が帰ってきた。

「あ、鰹！　やっと入ったんだ！」

歓声を上げるやいなやエコバッグを放り出し、馨はお米を量り始めた。鼻歌まじりで研いでいるところを見ると、今年も馨は手こね寿司を作るのだろう。

手こね寿司は、三重県の郷土料理のひとつで、鰹を軽く醤油ダレに浸し、針の細さに刻んだ生姜や大葉と一緒に酢飯に豪快にまぜ込んで作る。名前は、船上で漁師たちが手でこねて作るという調理方法に由来するのだが、刻んでまぜるだけなので、ほとんど失敗することがない。

故に、馨はこれを『あたしの得意料理』と称し、毎年せっせと作っているのである。

研いだお米を炊飯器にセットし、馨は縋るような目で美音を見た。

「おねえちゃーん……」

「わかってるわよ。ちょっと待ってね！」

美音はクスクス笑いながら、冷蔵庫にしまったばかりの鰹の柵をひとつ取り出し、薄く削ぐ。馨がするときもあるが、やはり美音のほうが薄く切れるし、目下美音は見るからに休憩中……。それなら姉に頼もう、と思うあたりがいかにも末っ子気質だった。

とはいえ馨も、美音が鰹を切っているのをぼんやりと見ているわけではない。醤油とみりん、酒を合わせて調味料を作り、生姜や大葉を刻んでいるのだから、文句をつけるつもりもなかった。

ご飯が炊きあがるのを今か今かと待ち受け、炊けるやいなや、すぐに酢飯を作って冷ます。軽くタレに浸した鰹と生姜、大葉をまぜ込むと、暗紅色（あんこうしょく）、緑、黄色、白の美しい寿司の出来上がりだった。

「今日、リョウちゃん、来てくれるかな？」

「『ぼったくりネット』に書いてみたら？」

「グッドアイデア！　初鰹入荷！　本日のおすすめは手こね寿司！　だね」

手こね寿司はリョウの大好物だ。例年、本日のおすすめにこの料理が書かれるたびに、ひとりで何杯もお代わりしてくれる。

きっと今年も駆けつけてきて、お代わりを連発した挙げ句、『他の人のことも考えなさい！』なんて、アキに蹴飛ばされることだろう。

ふたりのやりとりを想像してひとしきり笑ったあと、馨が半切りに濡れ布巾（ぶきん）を被せながら言った。

「そういえば、さっき『葛西書店』さんの前を通ったら、ウメさんたちが楽しそうにしゃべってたよ」

蒸し上げた鰹(かつお)をほぐしながら、美音も応(こた)える。

「あらそう……寄り合い所の話かしらね」

先頃町内会で寄り合い所を建てる計画が頓挫し、積み立ててきた費用をどうするか、という話になった。その結果、昨今天災が多いから防災用品に使うのがいい、ということでまとまりかけたものの、それらを置く場所がない。美音が成り行きを要に話したところ、彼は、昨年秋に店を閉めた『葛西書店』を使わせてもらってはどうか、と提案。その後、葛西夫婦の了承を得て、『葛西書店』は『寄り合い所兼防災用品置き場』として使われることになった。

テントや炊き出し用の大きな鍋などは裏の倉庫部分に入れ、災害時に重要性の高いヘルメットや救急用品はすぐに取り出せるように店舗スペースに置いた。

災害が起きたときにすぐに取り出せないようでは困る、ということで、古い書棚を利用してきちんと収納、目隠しのためのパーテーションも設置された。

残りのスペースには、いくつかの会議用テーブルと椅子、座り心地のいいソファ、電気ポットや湯飲みなども用意した。ちなみにこのソファや電気ポット、湯飲みなどは、町の人々が、家で余っている物を提供してくれた。押し入れの中に長年眠っていた到来物の処分に困っていたウメは大喜び、孫ふたりを動員し、布巾用にとタオルまで添えて持ってきてくれたのだ。

さらに、部屋の片隅にはデスクトップのパソコンとプリンター複合機も置かれた。これは要が、ここにパソコンがあれば町内会の事務をこなせて便利だろう、と提供してくれたものだ。本人は、古いもので申し訳ない、と言うけれど、馨曰く『さすがはパソコンオタク、うちにあるのよりずっと新しくてスペックも充実』の機種らしい。

町の人たちも、町内会の事務はここでやれるし、何よりこれまでは各自のパソコンを使っていたから町内会長や事務長が代わるたびにデータの引越しをしなければならなかった、今後はその必要がなくなる、と大喜びしてくれた。

要からパソコンの管理を任された馨は、必要なデータを移し、満足そうに言った。

「うん、これで随分便利になったよね。町内会のデータだって見たい人はいつだって見に来られるし。いっそ、ホームページも立ち上げる？」

「いったいそれを誰が管理するの？　あんただって今年の暮れにはお嫁に行くんだし、そんな暇なくなっちゃうわよ」

「それもそうか……」

美音の指摘に残念そのものの顔で頷いたものの、すぐに馨はそのパソコンで町内新聞を作ることを思い立った。

役員会で話し合われた内容や行事の案内、報告その他あれこれ……町内の出来事を大まかにまとめ、壁に貼り出したのだ。

町内のご隠居たちが散歩の途中に立ち寄って、壁新聞を眺めたあと、応接ソファで一休みする。話題の提供という意味では、壁新聞はかなり優秀な存在だった。

お年寄りが気楽に茶飲み話ができる場所、を目指して作られた寄り合い所であったが、子どもたちも頻繁に立ち寄っているらしい。

「社会の宿題で、昭和の暮らしを調べるってのが出ちゃったんだけど……」

そんなことを言いながら、ノートと鉛筆を抱えた子どもがやってくる。

お年寄りたちは、任せとけ！　なんて群がってきて、我も我もと昔の話を始める。当の子どもは、一枚のプリントに納まりきらないほどの情報量に四苦八苦、さらに「もっと丁寧にお書き！」なんて叱られて目を白黒させているそうだ。

「助かるのは助かるけど、ちょっと面倒くさい……」

というのは、裏のアパートに住む早紀の弟、直也の発言。

それでも、両親が長時間不在の子どもたちにとって、たいてい誰か、しかも時間にたっぷり余裕があるご隠居たちや、友達と別れがたくてしゃべり惚ける中高生がいてくれる空間というのは、随分心強いようだった。

最初は週に一日だけということで始めた臨時寄り合い所は、すぐに週二日体制となった。

形式的には、朝十一時から午後五時の間と決められてはいたが、茶飲み話に花が咲いている様子を見れば、タケオも時間だからと追い立てたりはしない。朝にしても、十一時になる前に戸口の前で待っている人がいれば鍵を開けて招き入れた。その姿に利用者たちは「さすがタケオさん、元本屋だけあって目こぼしがうまい」と一様に褒め称えたものだ。

馨は、なにそれ意味不明、と首を傾げていたが、美音にはなんとなく言わんとするところがわかる。きっと、これぐらいは読ませても大丈夫、という立ち読み客の捌き方に通じるものがあるのだろう。

開設からおよそ一ヶ月、町の寄り合い所は極めて順調な運びと言えた。

馨が、ちょっと感慨深げに呟く。

「それもこれも、タケオさんのご理解の賜、なんだよね」

「よく引き受けてくださったと思うわ」

「アキラさんのお願いの仕方もすごく上手だったみたいだし」

「本当ね。なんかちょっと意外だったけど……」

アキラは長年にわたって『葛西書店』のエアコンメンテナンス係だった。

周りから見れば、特に契約を結んでいるわけではないうえに、一年に数度行くか行かないかのメンテナンス係なんてどうかと思うが、アキラ本人の弁はこうだ。

「葛西さんとこは、俺が初めてひとりで修理に行った店なんだ。言うなればデビューステージ。その後、ずっと俺があの古いエアコンの機嫌を取ってきた。葛西さんから調子が悪いって電話が来るたびに、会社は俺を呼び出したもんだ。俺からも、そうしてくれって頼んであったしな。だから、『葛西書店』のメンテナンス係は俺ってことで間違いないんだよ」

古くて調子が悪くなりがちなエアコンを、あっちを騙し、こっちを宥め、しながら結局閉店するまでなんとか保たせた。

他のサービスマンが行っていたら、とっくに音を上げて、新しいエアコンを買えと言っていたかもしれない。それでもアキラは、『葛西書店』の懐事情や店主の性格を考えて、少しでも長く使えるように頑張ったのだ。

部品の保有期間を超えてしまって、メーカーにも交換部品がないような機種なのに、どこかで同機種のエアコンが新品と入れ替えになると知れば、こっそり出向いて使えそうな部品を外してきた。

そんなことまでして、アキラはタケオの負担を減らそうと躍起になっていたのである。

その話を人伝に聞かされた店主のタケオは、危うく涙ぐみそうになっていたらしい。

『葛西書店』を閉めると聞かされたとき、かける言葉もなくただ頭を下げたアキラに、タケオはまた自販機のサイダーを差し出したそうだ。

「にーちゃん、ほんとに世話になったなあ……。にーちゃんにこうやってサイダーを出すのも、これが最後だと思うと、ちょいと寂しいぜ」

そしてタケオは少しうるさい音を立て、それでも健気に冷気を吐き続ける古いエアコンをそっと撫でた。お前もご苦労さん、と……

『ぼったくり』のカウンターで、タケオの意見を聞いてみてくれないかと美音に頼まれたとき、アキラはタケオとの思い出をそんなふうに語った。

「店を畳むことはもちろん、こうやってにーちゃんと話せなくなるのも寂しい、なんて言ってくれたんだ、葛西さん……。嬉しいじゃねえか……」

「もしかしたら、タケオさんはアキラさんのことを、ご自分のお子さんみたいに思っていらっしゃったのかもしれませんね」

タケオには子どもがいない。初めてひとりで仕事を任され、緊張いっぱいの面持ちでなんとか修理を終えた若者が、来るたびに仕事に慣れ、手際よくなっていく。そんなアキラの成長を、タケオはまるで我が子のように見守っていたのではないか。

店を閉めれば、客も来ない、アキラも来ない。それは静かには違いないが、ある意味寂しい暮らしでもある。

これから先は夫婦ふたりで静かに暮らしていこう、と決めていても、他の人間とまったく関わりたくないかと言えばそうではない。だが、周りは皆商売人、日中は忙しく仕事をしているし、タケオ自身が商売人だったのだから、閉店後はとにかく休みたいという気持ちはわかる。結局、ゆっくり話をすることもないままに、半年が過ぎていった——

そんな美音の予測を聞いたアキラは、にやりと笑って言った。

「美音さんの予測が当たっているとしたら、葛西さんは相当寂しがってるな。人恋しさマックス、ってところじゃねえか？　だったら話は簡単だ」

「うわあ、アキラさん、自信たっぷりだね。本当に大丈夫？」

馨に疑い深げに見られても、アキラは平気の平左。任しとけ、と胸を叩いた。

彼が、鼻高々の様子で『ぼったくり』の引き戸を開けたのは、それから一週間もしないうちだった。

「美音さん、話はついたぜ」

「話って……『葛西書店』さんのこと？」

「もちろん」

「ほんと!?　どうやって？」

子犬のように纏わり付く馨に苦笑いしながら、アキラは詳細を語った。

「まず俺は、葛西さんに訊いた。『ここを町の寄り合い所にしたいって話があるみたいだけど、聞いてるか？』って」

もちろんタケオは寝耳に水状態、どういうことだ？　と訊ねてきた。美音から聞いた概略を伝えると、タケオはちょっと困った顔になったそうだ。

「葛西さん、『寄り合い所か……。そういや、新しいのを建てるって話はなくなったんだったな。かみさん連中が随分がっかりしてた。どんな形であっても、作れるなら作ったほうがいいし、ここは空いてる。打ってつけは打ってつけなんだがなあ……』って考え込んじまった」

「そっか……まあ、無理もないよね。せっかく落ち着いたところだったんだもんね」

「まあな。でも、さすがにそのまま帰ってきちまうのは情けなさすぎると思って、もう一押ししてみたんだ」

「お、やるねえ、アキラさん！　それで？」

「葛西さん、ここに寄り合い所かあ……って遠い目になっちまったから、ダメ元で言ったんだ。『まあ、葛西さん次第だよ。嫌なら断っちまえばいいだけのこと。もしも、ここにまた人がたくさん来るとなったら、俺もこいつのご機嫌取りに来なくちゃならなくなる。仕事が増えちまうよ』ってな」

アキラは、あえてタケオではなくエアコンに「おまえだって、今更しゃかりきは辛いよな？　隠居したいよな？」なんて話しかけたそうだ。

ところが、旧式の業務用エアコンをぺたぺた触りながら頷くアキラに、タケオは憤然と言い返したという。

「『全然大丈夫。まだやれる。こいつも、俺も！』ってさ。立ち読みしてるガキみたいに、ハタキで頭をぱたぱたやられそうだったぜ」

アキラは、それなら今度の休みにでもエアコンの様子を見に来てやるよ、と約束して、タケオと別れた。

おそらく、修理依頼も受けていないのに業務時間内に来るわけにもいかないと考えたのだろう。

そして次の日曜日、アキラが『葛西書店』を訪れたときには、店内も裏の倉庫もきれいに掃除され、ここにテーブルを、ここに応接セットを……といったレイアウト図までできていたそうだ。

「町内会長さんとも相談済み。『最初からずっとは辛いから、週に一日とか二日ぐらいから様子見させてもらえると助かる』って頼んだんだってさ。俺にしてみりゃ、一丁上がり、ってなもんよ」

心配していたエアコンは、メンテナンスの結果、十分使えるとわかった。まだまだいけるよ、と太鼓判を押したアキラに、タケオは、温かい缶コーヒーを差し出したという。

「『これからもよろしくな、にーちゃん』って。けっこう嬉しそうだったぜ」

「やったね！　ありがとう、アキラさん！」

馨は大興奮で、ぴょんぴょん跳ねている。そんな馨ににやりと笑ったあと、アキラは真顔になって美音を見た。

「美音さん、こんなことを俺が言うのは筋違いかもしれないけど、小遣い程度でいいから使用料を払ってやってくれないかな。葛西さんは金に困ってないだろうけど、先のことを考えたら蓄えは減らしたくないはずだ。俺にしても、休みの日なら金なんて取る気はない。でも、エアコンが壊れるのは休みの日とは限らない。部品だって会社を通さないと手に入らない。多少なりとも実入りがあれば修理を依頼できるし、葛西さんも張り合いがあるだろ？」

本当に気持ちでいいからさ、とアキラに頭を下げられ、美音は慌ててカウンターから飛び出した。

「筋違いなのはこっちのほうよ。町内会の人でもないアキラさんにこんなことを頼んだんだもの！」

下げたままの頭を上げさせ、代わりにこちらが深く頭を下げる。

馨は馨で、それまでのおどけた様子をしまい込み、真剣な眼差しで答える。

「そんなの当然だよ。ちゃんとヒロシさんに掛け合って使用料を払ってもらうよ。普通の賃貸料みたいには出せないけど、できる限り頑張ってもらう。あ、そうだ！　チラシを貼るスペースを作って、広告料を取るって手もあるよ！」

「広告料⁉」

「うん。『葛西書店』さんのガラス戸って、前から新刊本や雑誌のポスターがいっぱい貼られてたじゃない。あのスペースに、商店街のお店のチラシを貼っちゃえばいいんだよ」

「そりゃいいな。あそこを通る人が見てくれて、さぞや宣伝になるだろう」

「でしょ？　広告にどれぐらいの効果があるかはわからないけど、通りすがりに目に入る情報ってけっこう貴重かもしれないよ。何がどんな値段で売ってるのかわかるだけでも、お店に行きやすくなるし。一ヶ月いくら、とか一週間いくら、とか決めて、そのお金もタケオさんにあげちゃえばいいんだよ」

「馨ちゃん、天才！」

アキラと馨はハイタッチ、お礼として美音に一杯奢られたアキラはさらに上機嫌となり、広告スペースの設置についての話し合いを進めていく。寄り合い所のガラス戸に各店の手書きチラシが貼られるようになったのはそうした経緯からだった。

この町の商店街に来る客は、ほとんどがお馴染みさんだ。商いとしては、それでも十分成り立っているが、新しいお客が欲しくないわけじゃない。宣伝はするに越したことはないのだ。

とはいえ、商店街にある店は、大がかりな折り込みチラシなんて入れたことがない。ダメ元で広告を貼るというのは確かにグッドアイデアだった。

話を聞いて先陣を切ったのは、シンゾウだ。彼の店はそれまで特売なんてしたこともなかったのに、『夕刻セール　ティッシュ五箱セット百八十八円。洗濯用洗剤一・二キログラム入り一箱百六十八円』なんて、赤字覚悟としか思えないようなチラシを貼り出した。

それでも、最初は気付かずに通り過ぎる人が多く、美音も馨も効果は薄そうだとがっかりした。

この様子では広告スペースを使ってくれる人は増えないだろうと心配になったが、シンゾウはちゃんと対策を考えていた。人通りの多い夕刻を狙って、サクラを動員したのだ。

「えーっ、夕刻セール⁉　ティッシュ五箱百八十八円‼　やっすーい‼　今すぐ買いに行かなくちゃ！」

サクラを引き受けた早紀が張り上げた声に、勤め帰りの通行人――主に兼業主婦らしき人たちが一斉に振り返った。さらにチラシを一読したあと、『山敷（やましき）薬局』に向かった早紀のあとに続いたという。

あとで早紀が、『スーツ姿のおばさんが、後ろからいっぱい走ってきて恐かった……』と、嘆いたとか嘆かなかったとか……

いずれにしても、その日の特売品は見事完売。ついでに風邪薬やシップ薬、化粧品なども売れたそうで、シンゾウはほくほくだった。

その後も、『魚辰』『八百源』『加藤精肉店』『豆腐の戸田』と、チラシを貼る店が続いた。

甲斐あって、『葛西書店』だった場所が町の寄り合い所になったこと、そのガラス戸にお買い得情報が貼られていることが周知された。特に、翌日以降の夕刻セールを知らせるチラシは勤め人たちを大いに喜ばせた。

普通の店ではすぐに売り切れて入手できない日替わり特価品でも、夕方からのセールなら勤め帰りに買えるからだ。

通りすがりの人が、目玉商品欲しさに初めての店に行く。一度買いに来れば、この商店街の客あしらいの良さは折り紙付きだから、リピーターにするのは簡単だ。次からはまた、チラシを覗いては、ああ明日はあの店ね……と足を運んでくれる。

わずかな広告料など、簡単に元が取れた。ひとつひとつはわずかでも、毎日いくつものチラシが貼られれば、それだけでけっこうな金額になる。エアコンの修理費ぐらい余裕で支払える結果となったのだった。

「よかった……」

設置から半月、『葛西書店』転用の寄り合い所が順調だと聞いた要は、大きく息を吐いた。

提案してはみたものの、うまくいくかどうか不安だったらしい。

「さすがタクのとーちゃんだ、ってシンゾウさんが感心してましたよ」

「なんでそこでタクが出てくるの？　おれっていつまでそう呼ばれるんだろ？　そろそろ『美音坊の旦那』とか……」

ぶつぶつ言いながらも、要はまんざらでもない様子。さらにタク――猫の飼い主よりも美音の夫と呼ばれたいという彼の気持ちに、美音もついつい目尻が下がるのを止められなかった。

†

「おっ、初鰹（はつがつお）か！」

カウンターでシンゾウが嬉しそうな声を上げた。

いよいよ春も本番だな、と感慨深げに頷く横で、予想どおりリョウが大皿に盛られた手こね寿司を掻き込んでいる。

あまりにがっつきすぎて喉に詰まらせそうになったリョウを見て、横でレモン酎（ちゅう）ハイを呑んでいたアキが、背中をばんばん叩く。

「馨ちゃん、ごめん！　こいつにお茶をお願い！」

「はーい！　ちょうどよかった。今日から麦茶を作り始めたんだー」

よく冷えた麦茶を注いだグラスをリョウに渡し、馨は自慢げに言う。それを見ながら、アキは心底呆れたような口調で言った。

「あんたって、本当にいつまでも落ち着かない子ね！」

早速ぐびぐびと麦茶を飲んだリョウがここぞとばかりに言い返す。

「いいんです！　俺は、こんなに旨いものを前にしても落ち着き払っていられるような大人になりたくないっす！」

「まったく口が減らないったら！」

「口が減ったら食えなくなるっす！」

「リョウ!!」

相変わらず、アキとリョウは賑やかに言い合っている。そんなふたりを横目に、美音はにんまり笑ってしまう。

このふたりは昨年の十二月から付き合い始めたのだが、それをちゃんと聞かされたのは美音と馨のみだ。おそらくは照れくささからだろうが、ふたりはなんとか関係の変化を隠そうと躍起（やっき）になっている。だが、ふたりの変化に百戦錬磨（ひゃくせんれんま）の常連たちが気付かないはずがない。それでも、あえてそのことに触れない。それが『ぼったくり』の常連の思いやりなのだが、ふたり、特にアキは気付かれていないと信じて『仲の悪いふり』を続けている。そんなふたりが、美音には微笑ましかった。

「お姉ちゃん、なに笑ってるの　気持ち悪いよ？」

にやにやしている姉に、馨が怪訝な顔で訊ねてきたが、美音は無言の笑みを返し、シンゾウに声をかける。

「シンゾウさん、鰹はどうされます？　タタキにしますか？　それともお刺身？」

「そりゃあ初鰹と来たら、まずは……」

「銀皮造り、ですか？」

「おうよ。芥子をたっぷり添えてな！」

常連のひとりであるトモの話によると、彼女の親友は、結婚相手に『鰹の刺身に芥子なんて聞いたことがない』と呆れられ、周りの人間にも賛同者は皆無、大いに憤慨したという。

それぐらい鰹(かつお)の刺身を芥子(からし)で食べるのは少数派らしいが、実は鰹に芥子というのは江戸時代から続く食べ方である。特に、皮を残したまま刺身にする銀皮造り(ぎんかわづくり)は、しっかりした皮の歯ごたえと柔らかい身に染みた芥子醤油(じょうゆ)の対比が珠玉なのだ。

皮を引いた刺身であれば生姜(しょうが)も素晴らしいが、銀皮造りの場合は絶対に芥子、それは美音とシンゾウの共通意見だった。

「はい、お待ちどうさま」

渋い茶色の信楽焼(しがらきやき)の角皿に、電球色の灯りを撥(は)ね返すような銀色の刺身。それはツマの大根の白さ、大葉の緑と相まって、一幅(いっぷく)の絵のようだった。

シンゾウはひとしきり皿の上を眺め、ほう……と感嘆の息を吐いたあと、脇に添えられた鮮やかな黄色を小皿の醤油に溶く。

シンゾウは、わさびの場合は刺身に直接のせるが、芥子は醤油に溶く。同じような薬味なのに、使い方が違うのは面白いと思うが、シンゾウ曰(いわ)く、醤油に溶くと芥子のとんがった辛さがほんの少し丸くなって鰹によく合うのだそうだ。戻り鰹に比べれば、初鰹はかなり淡泊だ。その意味でも、醤油で芥子の辛さを加減するというのは、うまいやり方かもしれない。

芥子醤油をたっぷり絡ませた一切れを口に運び、シンゾウは目を細めて鰹を味わう。そして、追いかけさせるように酒を含んだ。

グラスの中身は『七田(しちだ)　純米　無濾過生(むろかなま)』。佐賀県にある天山(てんざん)酒造が醸す酒である。

プラス三度という淡い辛さの中、圧倒的な力強さと香りを持ちながら後口にほのかな甘みを感じさせる。その甘みと芥子が引き立て合って、えも言われぬ味わいとなるのだ。

鰹と酒を呑み込んで、シンゾウがやけっぱちのような声を上げた。

「ちくしょー！　もうどうにでもしやがれ！」

今までシンゾウの隣で焼酎の梅割りを呑んでいたウメが、ぷっと噴き出す。

「どうにでもしやがれ、って言われても、シンさんをどうにかして旨い肴にできるわけじゃなし」

なまり節とキュウリの和え物をせっせと食べていたアキが即座に突っ込む。

「ウメさん、辛辣～」

「辛辣さにかけては、アキのが上だろ……」

そこで小さな呟きを漏らしたのはリョウだ。

『アキさん』ではなく『アキ』と呼び捨てにしたことに気付いたのか、アキがぎょっとしたようにリョウを見た。

リョウの声はきっとウメやシンゾウの耳にも入ったに違いない。それでもふたりは、何食わぬ顔で酒を呑み、魚を口に運んでいる。

慌てているアキを見て、つい美音は伝えてやりたくなる。

――そんなに心配しなくても大丈夫。アキさんとリョウちゃんがふたりの関係を隠しておきたいなら、みんなはいつまでだって気が付かないふりをしてくれる。『本人が言わないことは、ないこと』、それが『ぼったくり』……いいえ、この町のやり方なんだから。

言いたいのに言えない。言い出せずに四苦八苦している様子を見て取れば、いくらでも助け船を出す。でも、隠したがっているのなら、その気持ちを大切にする。

それは、美音と要のときも同じだった。

どれだけ客と店主に徹し、一線を引こうとしても惹かれ合うのを止められなかった。そんなふたりの想いを、時にそっと、時に発破をかけながら、ふたりがこの先一緒に生きていくと決めるまで見守ってくれた。その温かい眼差しは、今も途切れない。

美音は『ぼったくり』を、みんなの憩いの場、来たときよりも少しだけ元気を取り戻す場所にしたいと願ってきた。だが、それ以上に自分自身がみんなに癒やされ、元気をもらっている。その事実に、美音はまた気持ちを温められる。

——私のときみたいに、これからはアキさんとリョウちゃんを見守ってくれるんだろうな……

美音はそんなことを思いながら、大きく切り取ったなまり節を煮汁に泳がせた。

一方馨は、元気いっぱいに手こね寿司をウメにすすめる。

「ウメさん、手こね寿司はいかが？　あたしの力作、今年も上出来だよ！」

「うーん……ごめんよ、馨ちゃん。せっかくだけど、あたしはタタキと温かいご飯の気分だよ」

「それもいいよね、ご飯炊き立てだし！　お姉ちゃん、ウメさんに鰹のタタキ！」

「はーい！」

梅割りのグラスが空になっているのを確認し、美音はタタキを用意する。盛り付けが終わるのを待ちかねるように、馨がご飯をよそった。もちろん、ウメの胃袋に合わせた小ぶりの茶碗である。

湯気が立つ茶碗とニンニクや生姜、葱をたっぷりのせた鰹のタタキが同時にウメの前に置かれた。

ウメはさっきまで呑み食いしていたにもかかわらず、改めて両手を合わせた。いただきます、と呟いたあと、くっと笑って美音を見る。

「不思議だね。なんで炊き立てのご飯を見ると、こうやって手を合わせたくなるんだろ？」

いただきますなんて一回でいいのに、と自分を笑いながら、ウメは箸を取る。まず、ご飯を一口、それから分厚く切ったタタキを一切れ。口の中でまぜ合わせながら目を瞑(つぶ)った。

「うーん……確かにこれは……」

「確かになに？」

「ちくしょー！　もうどうにでもしやがれ！　だね！」

「だろ？　だから俺がそう言ってるじゃねえか！」

「いや、シンさん、ごめんよ。すまなかった！」

「まったく、ウメ婆(ばあ)はよう……」

そこでシンゾウが苦笑いする。『ぼったくり』は本日もまったくもって通常営業だった。

†

「お帰りなさい。お疲れさまでした」

「君もお疲れさま」

美音は、着替えてテーブルについた要にいつものグラスを用意する。

少し小ぶりの冷酒グラスと会津塗(あいづぬ)りの枡は、一般家庭のテーブルに置かれる器としては、少々玄人(くろうと)すぎる。けれど要はいつも、見るからに嬉しそうに枡に零した酒をグラスに注ぎ戻す。きっと、冷酒や冷や酒を呑む醍醐味(だいごみ)のひとつだと思っているのだろう。だからこそ、美音は結婚生活を始めるにあたって、要と自分用に二組のグラスと枡を用意したのである。

馨は、夫婦(めおと)茶碗や箸ではなく、まずグラスと枡を探しに行った美音を大いに笑った。それでも最終的には、いかにも美音らしいし、居酒屋の店主としては正しい姿勢かもしれない、と言って選ぶのを手伝ってくれたのである。

「お、今日のはすごいね」

美音が持ち出した酒瓶を見て、要が嬉しそうに言う。

かつて要は、新しい酒、特に珍しい酒をシンゾウが先に呑んだことを知るたびに、悔しそうな顔をした。だが、今はもうそんな憂き目にあうこともない。なぜなら、希少な酒を入手したときは、必ず要のために一本確保するようにしているからだ。

要は出張がない限り、毎日この家に帰ってくる。たとえ接待で夕食を外で済ませてきていても、このテーブルにつき、美音と過ごすひとときを楽しんでいる。健康を考慮して休肝日を設けてはいるが、呑むときは美音とふたりがかりだから、一本丸ごと取り置いたにしても、味が変わらないうちに呑み切ることが可能だった。

目の前で口を切った『七田　純米　無濾過生』を、たっぷり枡に零して注ぎながら、美音は要に今日の出来事を語る。

「じゃあ、アキさんとリョウ君はうまくいってるんだね」

「みたいですよ」

「それはよかった」

　姉御肌で世話焼きのアキと、誰からもかわいがられ、つい面倒を見てやらなきゃ、という気持ちにさせてしまうリョウ。そんなふたりは、きれいに噛み合う歯車だ、と要は言う。

「おれも何度か店で一緒になったけど、どっちかひとりしかいないときは面白かったよ」

「面白い？　どこがですか？」

「いつも引き戸のほうばっかり気にしてた。で、戸が開くとぱっと見て、入ってきたのが別の人だとあからさまにがっかりするんだ。誰を待ってるかなんて、一目瞭然（いちもくりょうぜん）だったよ」

「そう言われれば……。目敏いですねえ、要さん」

「普通だよ。たぶん、『ぼったくり』の常連さんたちはみんな気が付いてたと思う。でも、みんな揃って知らないふりを続けてた。いい人ばっかりだ」

アキとリョウが、どんな形でお互いの気持ちに気付き、付き合うことになったのか。もちろん美音は知っていたけれど、要に詳しく語ることはしなかった。他人の恋愛に興味を持つタイプではないと思ったし、アキたちも自分がいないところで恋の成り行きを語られるのはいやだろう。

あらゆる意味で『そっと見守る』。それは、始まったばかりの恋を守るための第一条件だった。

要は、そんな美音の気持ちを見透かすように言う。

「もしもなにか行き違いがあって、これはヤバいとなったらあっちこっちから助言が押し寄せるだろうけど、基本的には放置ってことでＯＫ？」

「もちろんです。大きなお世話もお節介も大好きですけど、恋愛に関しては……」

「だよな。馬に蹴られたくないし」

そう言うと要は、またグラスの酒をグビリとやる。

同じようにグラスに口をつけながら美音は、考え方が一緒だ、と嬉しくなる。好奇心という鬼に取り憑かれ、始まったばかりの淡い関係を潰してしまうような人もいる。

たとえば、目の前で恋人がなれそめを根掘り葉掘り訊かれ、答えるのを聞いているうちに、相手の対応に納得がいかなくなることがある。はっきり付き合っていると言ってほしいのに言葉を濁す。あるいは、隠しておきたいのにあっけらかんと宣言されてしまう。自分の期待と違う対応が小さな棘となって心に刺さり、それが原因で喧嘩発生、挙げ句の果てに別れてしまった、なんてことにもなりかねない。

美音は、自分の夫が迂闊に恋愛事情に介入するタイプじゃなくてよかった、と安堵すると同時にちょっと不思議な気持ちにもなる。

要はいつも、美音の困りごとを解決する方法を見つけてくれる。それは今や美音だけにとどまらず、この町内全体の困りごとにまで及んでいて、そのひとつの結果が『葛西書店』を利用した町の寄り合い所の設立だった。

それだけ他人事に親身になれる人が、こと恋愛に関してだけ、こうもきっぱり線を引けることに、首を傾げたくなる。もしかしたら、美音が聞かされていない過去のどこかで、相当痛い目を見たのではないかと思ったりするのだ。

「どうしたの？」

機嫌よく酒を減らしていた要が、美音に声をかけてきた。きっと、一口呑んだきり、考え込んでいる美音が気にかかったのだろう。

過去に何かがあったとしても、それを美音に告げる必要はない。要がそう判断しているのなら、それは美音が知らなくていいことだ。

この人が言わないことはなかったこと――それは要と付き合い始めるにあたっての美音なりの決意だったし、今も継続中だ。要は、訊きたいことがあったら訊いてくれ、と言っていたけれど、一日の終わりのこんなに静かで心地よい時間に持ち出したい話題ではない。人生は長い。いつか、話してくれるときが来るだろう。

美音はそう信じて、笑顔で答えた。

「なんでもありません。要さん、銀皮造(ぎんかわづく)り、召し上がってくださいね。あ、タタキも用意できますよ」

「ありがとう。ところで、馨さんの力作は？」

キッチンカウンターの向こうにちらりと目をやり、要が訊(たず)ねた。

「ごめんなさい、仕込みで作った分は完売です。でも……」

鰹(かつお)はまだ残っている。ご飯もちゃんと用意してあるし、手こね寿司はいたって簡単な料理だから、すぐにでも作れる。さっと作ってしまおう、と立ち上がりかけた美音を、要が押しとどめた。

「いや、いいよ。売れ行きを聞きたかっただけだし」

「売れ行きは好調、みなさん『馨ちゃんの十八番(おはこ)だ！』ってこぞって注文してくださいました」

「それはよかったね。でも、そんなに人気料理ならたびたび作ればいいのに……ってわけにはいかないか。これから鰹の季節は続くけど、初鰹は今だけだもんな」

年に一度のレアものか……なんて、要はしきりに頷いている。美音は思わず、突っ込んでしまった。

「確かに馨の手こね寿司はレアものだし、だからこそ大人気ですけど、初鰹って、そんなに価値ありますか？」

初鰹と戻り鰹では脂の乗り方が違う。手こね寿司にするなら脂の少ない鰹が望ましいが、『初』にこだわる必要はない。秋が来て脂が乗り出すまでは何度でも作れるのだ。

ところが、そんな美音の話を聞いても、要はにやにや笑うばかり……。その上、とんでもないことを言い出した。

「昔から言うじゃないか。初鰹は、女房を質に入れてでも……って」

「え、私、質に入れられちゃうんですか⁉」

美音はとっさに反応に迷った。

怒るべきか、すねるべきか、泣くべきか……はたまたその全部か。

でもそのどれも自分らしくない。そんな『自分らしくない』反応を要が期待しているとしたら、その期待に応えるのはあまりにも癪だ。そこで、美音はにやりと笑って要を見た。

「江戸時代の初鰹って、おいくらぐらいだったんでしょう？」

「おれが読んだ本には、相場は二両二分、って書いてあった気がする。今なら二十万か三十万ぐらいになるのかな」

「鰹一本が三十万！」

「初競りと同じで、ご祝儀的なものも入ってるんだろうね。それがなにか？」

「そんなに高いなら、奥さんを質に入れても買えなかったんじゃないですか？」

「確かに……せいぜい半分……いや、それも買えなかったかも」

「だったら、質になんて入れないで仕事をさせて、稼いでもらったほうがいいと思いません？」

だから、私を質になんて入れないでくださいね、と言って軽く睨む美音に、要は絶句。数秒のち、堪え切れないように笑い出した。

「なんてことを言うんだ、この奥さんは！」

「どうしてですか？　絶対にそのほうが……。でも、江戸時代の女性って一ヶ月に二十万とか三十万とか、簡単に稼げないかも。あ、吉原とか？　うーん……、もう奥さんになっちゃってたら初物じゃないし、そんなに高い値段はつかないか……」

「あのね、美音。『女房を質に入れてでも』っていうのは、他の質草のように借金の形に預けて、というよりも労働奉仕という意味だったらしい。でも、そのほとんどが女中奉公だったんだってさ」

よりにもよって当の『女房』ご本人が、『吉原』とか『初物じゃない』とか言うんじゃない、と要は渋い顔になった。

「そもそも、どれだけ旨くても所詮魚じゃないか。初物であろうがなかろうが、鰹のために自分の妻を質に入れる男なんてあり得ないよ。それが江戸っ子の粋だって言うなら、そんな粋はくそくらえだ」

「確かに最悪ですね。でも、もしかしたら昔の初鰹って、それぐらい美味しかったのかもしれません」

江戸時代の日本の食文化は、今とは全然違ったはずだ。肉だって使える種類はごく一部、バターやクリームもなく、調理方法は限られていた。そんな状態での初鰹なら、珍しさ以上に味そのものに価値があったのかもしれない。

「そんな時代なら要さんだって、奥さんを質入れしてでも食べたい、って思ったかも……」

当時を思って考え込んでしまった美音に、要が呆れたような声で訊いた。

「店をやってる人だったら？」

「え？」

「もし君が江戸時代にいて、初鰹が他に比べようもないほど美味しくて、店に出せば千客万来ってわかってたら、女房を質に入れて鰹を買う？」

「買いませんよ。そんなことしなきゃお客さんを呼べないような店にはしません！」

第一、今だって『ぼったくり』の客たちは『初鰹』だから喜んでくれているのではなく、それを使った鰹の料理が気に入っているから食べてくれるのだ。春の鰹も秋の鰹も、その珍しさではなく味そのものを理解してくれている。それならば『初』にこだわる必要なんてない。

むしろ、春爛漫の証（あかし）として『初鰹』にこだわっているのは美音のほうかもしれない。

美音の答えに、要はさもありなんと頷いた。

「なるほど。確かに『ぼったくり』ならそうだろうなあ……」

「でしょ。馬鹿馬鹿しいです。奥さんを質に入れてでも……なんて」

「それは君が女性だからかもしれない。験（げん）を担（かつ）ぐとか粋（いき）にこだわるのって、やっぱり男が多いんじゃないのかな？」

「じゃあ私も鰹のために、質に入れられちゃうんですか？　でも、私じゃ吉原なんて無理だし、女中奉公っていっても掃除は苦手だし、ろくなお給料はもらえそうにありません。何年働けば、初鰹が買えるだけのお金がもらえるやら……」

とはいえ、要が望むのなら、なんとかして初鰹を食べてもらいたい。高かろうが品薄だろうが、手に入れようと躍起（やっき）になりかねない。いったいどうすれば鰹を買うお金を貯められるのだろう。『ぼったくり』で出しているような料理で、お金を稼ぐことは可能だろうか。そもそも親から譲り受けることもなく店を構えるなんて……

そこまで考えたところで、美音は笑いを堪えているような要の顔を見てはっとする。鰹(かつお)の購入資金に頭を悩ませるあまり、夫を放りっぱなしにしていたことに気付いたからだ。

「ごめんなさい、要さん！」

「ご心配なく。江戸時代だろうが、奈良だろうが、縄文だろうが、おれはそんなことはしない。他の男のことは知らないけど、おれは絶対にやらない。たとえそれが世界最後の鰹で、誰も食べたことがないほど旨かったとしても、おれは君を質に入れるぐらいならそんなもの食べたくない。恋女房と初鰹なんて比べるのもナンセンスだ」

要は『恋女房』というパワーワードをさらりと言い放ち、美音の反応を窺(うかが)っている。さらに、とどめの一言が降ってきた。

「初物であろうがなかろうが、おれにとって君より旨いものなんてないよ」

美音はグラスを手にしたまま固まってしまう。

結婚して三ヶ月、まだまだ美音は、ストレートに飛んでくる要の言葉に対抗する手段を見つけられずにいる。

どんなに口論していても、要の言葉が桃色に染まったとたん、全ての防御を失って、彼の言葉よりも数倍濃い桃色に染め上げられてしまうのだ。

目の前には、なまり節とキュウリの和え物。

少し酸味の勝った三杯酢はやがて来る夏を思わせる爽やかな味わいだ。残ったなまり節は、明日あたり生姜煮で出す予定だが、あれはあれでご飯が止まらなくなる一品だし、要の大好物でもある。

――こんな意地悪をするなら、全部『ぼったくり』の客に出してしまおうかしら……

恨めしげに見ている美音をよそに、要は銀皮造りをあてに、『七田　純米　無濾過生』の淡い甘みを舌の上で転がしている。その表情は本当に嬉しそうで、満足そうで、見ている美音まで幸せな気持ちになってくる。

――料理やお酒を味わってくれた人のこんな顔を見るのが、私の何よりの楽しみ。そのために『ぼったくり』をやっているようなものだ。中でもこの人は別格、この人にこんな顔をさせるためならなんでもできる。結局、この人には勝てないってことよね。でもまあ、いいか……

小さなため息と敗北感――そんなものに包まれつつも、美音は自分の幸せを痛感していた。

鰹の銀皮造りについて

『鰹の銀皮造り』は皮の歯ごたえが楽しめる秀逸な料理法ですが、昨今、鰹にも寄生虫『アニサキス』の害が懸念されています。

アニサキスは魚の内臓に寄生しており、鮮度が落ちてくると内臓から筋肉に移動します。目に見える大きさですので、皮を剥いで確かめることもある程度可能ですが、結果として、現在ではスーパーなどの店頭に皮付きの柵が並ぶことは少なくなっているようです。

無類の『銀皮造り』好きとしては寂しい限りですが、信頼の置けるプロの料理人の手によるもの以外は、あきらめたほうがいいのかもしれません。

くれぐれも、丸ごと一本手に入れて自分で作ろう、などと考えませんように……

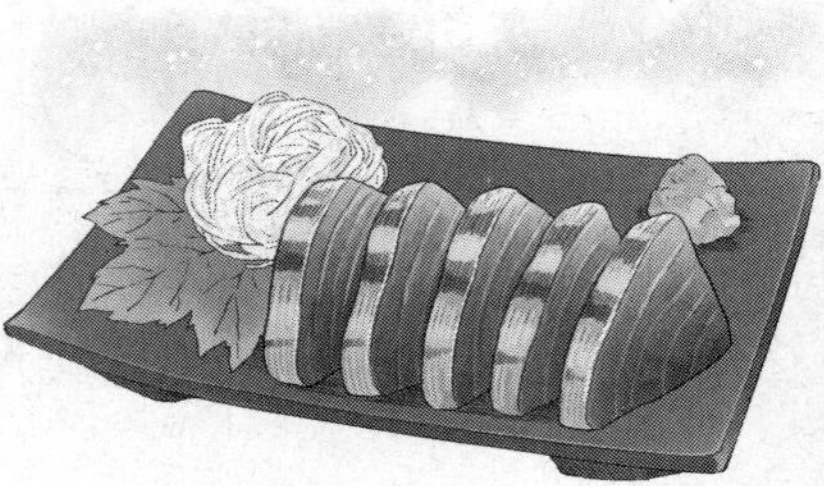

捨てられた掃除機

新タマネギのマリネ

カレイの煮付け

新タマネギの丸ごと煮

骨湯

五月下旬の昼下がり、町内会役員たちは昨秋閉店した『葛西書店』を利用して作られた寄り合い所に集まっていた。会議用テーブルに並んでいるのは、いずれも困惑顔……

町内会長のヒロシが吐き捨てるように言った。

「こんなことで昼日中から集まるなんて、しゃれにもならねえ!!」

「ほんとだよな……。去年まではこんなことは一度もなかったのに」

『魚辰』の店主ミチヤは、寄り合い所の片隅に置かれた掃除機を見てため息をつく。

この掃除機は今朝方、町内のゴミ収集所に放置されていたものだ。

商店街の店舗から出るゴミは業務用として収集されるが、一般住宅からのゴミは裏通りに設置されたゴミ収集所に集めることになっている。

この町では資源ゴミを除くゴミは、不燃、可燃ともにそれぞれ規定の収集袋に入れて出すことになっており、収集袋に入れられていないゴミは収集所に残されてしまう。

ゴミ収集所にいつまでもゴミが残っているのは困るし、なにより不快だ。だからこそ、この町の人々は皆、ルールに従って分別し、きちんと袋詰めして収集所に運んでいるのである。

ところが、この掃除機は剥き出しのままゴミ収集所に放置されていた。

理由は容易に想像できる。この掃除機は大きすぎて、規定の不燃ゴミ用の収集袋に入らなかったのだ。

不燃ゴミ用の袋に収まりきらないものは粗大ゴミに分別される。本来ならば、区役所に連絡の上、相応の料金を払って回収してもらうべきものだ。

最初は、誰かがうっかり勘違いして出してしまったのだろうと思った。不燃ゴミと粗大ゴミの区別については、自治体が配布しているパンフレットにちゃんと書かれているのだが、しっかり読んでいなかったり、そもそもなくしてしまったりする人も多い。そんなこんなで、これまでも出されたものが回収されずに取り残されていることはあったのだ。

それでも、早ければ収集車が行ってしまった直後、遅くとも翌日中には、出した本人が引き取っていく。だからこそ、町内のゴミ収集所はいつだってすっきりと片付いていた。

ところが今回に限って、ゴミ収集車が去ったあと、翌日の夜になっても掃除機を引き取る者はいなかった。そのまま一週間が過ぎ、やむなくゴミ収集所の掃除当番に当たっていたウメがヒロシに連絡、いつまでも放置しておくと通りすがりの者がゴミを捨てやすくなる、町の美観上大変よろしくない、ということで引き上げてきたところだった。

これまではきちんとルールが守られていた。とはいえ、それはあくまでも去年までの話で、実は今年に入ってからこんな事態が相次いでいる。

一度目は一メートル前後の木製の本棚、次は二メートルはあるような物干し竿、そして三度目がこの掃除機だった。

短い期間に三度にわたるルール違反、さすがにこれは見過ごせない。何らかの対策が必要、ということで、町内会役員が緊急招集されたのである。

「どうせどっかの馬鹿がこっそり来ては捨てていきやがるんだ。取っ捕まえて突き返してやる！」

ヒロシは、憎々しげにゴミ収集所のあるほうを睨み付ける。

その険しい表情には、意地でも町内の人間の仕業だなんて思いたくないという気持ちが滲み出ていた。

「にしても、証拠があるわけじゃねえ。町内の人間にせよ、そうじゃないにせよ、こんなことをやらかす輩はたいがい神経もそれなりだから、問い詰めたところでしらばっくれておしまいだろう」

シンゾウは、指紋をとって調べるわけにもいかないし、どうしようもないな……と、犯人捜しはあきらめているような様子だった。そして、ため息をつきながら、目の前の問題に話題を戻す。

「で、どうするよ……こいつは？」

町内のご意見番のあきらめ顔に、ヒロシはつまらなそうに掃除機に目をやる。

「それさなあ……。前みたいに、区役所に連絡したら取りに来てくれるとは思うが……」

今まで一度もそんなことがなかったために、不法投棄されたゴミを町内会で処理したことなどなかった。そのため、ヒロシは大きな本棚をどうしていいかわからず、他の町内会の役員に相談した。結果、町内に不法投棄されたゴミは、区役所に連絡すれば無料で取りに来てくれるとわかり、本棚も物干し竿も回収してもらったのである。

ヒロシの話を聞いたミチヤは、手を打たんばかりに喜んだ。

「じゃあ問題ねえだろ。さっさと電話して取りに来てもらおうぜ！」

ところが、ヒロシのひそめたままの眉は少しも緩まない。それどころか、シンゾウも同じような顔をする。ミチヤはふたりの顔を見て怪訝そうに訊ねた。

「なんだよ、揃いも揃って難しい顔をしやがって。なんか問題あるのか?」

「気楽だな、お前は。もうちょっと頭を使えよ」

「なんだってんだよ。ヒロシ、俺にわかるように説明しろ」

「説明なんてしなくても、普通に考えたらわかるだろ。ゴミ処理ってのは、無料じゃできねえんだよ。本来は、出す者が金を払って処理してもらうんだ」

「そんなことぐらい知ってらあ。俺だって、粗大ゴミを出すときはちゃんと『粗大ゴミ処理券』とやらを買って貼り付けてる」

「だったらわかるだろう? 金がかかるんだよ」

「でも、たった今、区役所が無料で取りに来てくれるって言ったばっかりじゃねえか」

だったら役所に任せればいいだろ、とミチヤは鼻息を荒くする。それを見て、首を左右に振りながら嘆いたのはシンゾウだ。

「だから考えなしだって言われるんだよ。お前さんは」

「ひでえ、シンさんまで!」

ヒロシと同意見らしきシンゾウの言葉に、ミチヤは怒ったような顔になる。おそらく、ふたりが何を言わんとしているのかさっぱりわからないのだろう。

シンゾウはそんなミチヤに噛んで含めるように説明した。

「あのな、本来払うべき人間が払わなかったら、その金はどうなる？　誰が払うと思ってるんだ？」

「誰って……誰も払わねえんじゃねえのか？」

「処理するのにかかる金がゼロになるわけじゃないんだぞ」

「うーん……。でも区役所が無料で持ってってくれるんだし、処分料がかかるとしても、それは区役所が特別な費用とかでなんとかするんだろ？」

「そういうことになる」

「じゃあ、やっぱりいいじゃねえか。俺たちの懐は痛まねえ」

そう答えたとたん、ミチヤはシンゾウとヒロシに両側から頭を叩かれた。もちろん、ほんの軽くではあったけれど……

ヒロシは勢い込んで言う。

「このトンチキ野郎！　確かに今すぐ俺たちの懐が痛むわけじゃねえ。それどころか、町内会の財布だって関係ねえよ。でもな、お前の言う『区役所の特別な費用』にしたって、天から降ってきた金じゃねえんだぞ！」

「天から降ってきたようなもんじゃねえか。だって税金……あ、そうか！」

「そういうこと」

「やっとわかったか」

シンゾウとヒロシに同時に言われ、ミチヤは、あちゃー！　と天井を仰いだ。

不法投棄されたゴミを処分するための費用は、区役所が出す。これはこの区役所に限らず、全国の自治体でおこなわれていることだろう。要するに、使わなくていいことに税金が使われているのだ。

不法投棄が増えれば増えるほど処理にかかる費用がかさみ、本来回すべきところに税金を回せなくなってしまう。

ある場所に不法投棄されたゴミがあれば、他の不届き者が捨てやすくなる。最初のゴミを放置することで、次から次へとゴミを呼び込むことになりかねない。

最初の不法投棄を放置した結果、ゴミだらけになってしまった場所は全国にいくらでもあるのだ。

だからこそ各自治体は不法投棄に気を配り、住民から通報を受けた場合はできる限り速やかに対応することになっているという。

現に、以前の本棚や物干し竿のときも、ヒロシが電話をした翌日には回収しに来てくれた。

粗大ゴミの回収依頼は後を絶たず、通常の手順を踏んだ場合、早くても数日、どうかすると一ヶ月ぐらい先になってしまう。それを考えると、翌日回収というのは異例の速さ、それぐらい自治体は不法投棄対策に力を入れているということになる。

「自治体はどこも一生懸命だ。だが、回収する人間の人件費まで含めて、処分にかかる費用は全部俺たちが払った税金なんだ。町内会費から出ていくのか、税金から出ていくのかが違うだけで、結局は俺たちが出してるってことだ」

シンゾウに説明され、ミチヤはなるほどなあ……と頷いたものの、すぐにはっ

としたように訊(たず)ね直す。

「でも、シンさん、税金で賄(まかな)うってことなら、もともとは俺たちが払った金だ、とか開き直る輩(やから)が増えるんじゃねえのか？」

「それこそ大問題だ」

シンゾウは、そんな考え方をする人間が増えれば、不法投棄は絶対になくならない、と渋い顔になった。

確かに、予約も、処理券を買いに行く手間も、回収日に合わせてゴミを出す手間もなしに不法投棄して、それが勝手に回収されていくならこんなにいいことはない。そのツケが税金に回るとしても、もともと自分たちが払った金なのだから……なんて考える人間が増えたら、たまったものではなかった。

「結局、泣くのは善良な市民、ってことになる。うちの町内会だけでもそんなことにならないようになんとかしたいんだが、これといった対策も浮かばねえ」

シンゾウは寄り合い所の隅に置かれた掃除機を眺めてため息をつく。

「回収所をずっと見張ってるわけにもいかねえしなあ」

たとえゴミの収集日だけに限ったとしても、相当な負担になる。その上、不法投棄なんていつ運び込まれるかわからない。阻止するためには四六時中ゴミ収集所を見張っていなければならないが、そんなことはできるわけがない。

ヒロシは、要するにお手上げってことか……と頭を垂れた。

「しょうがねえ……また、区役所に頼むとするか……」

「悪いな、ヒロシ。ちょいと電話しといてくれ」

「町内会長は万屋(よろずや)だから仕方ねえな」

そして、次回までにそれぞれが対策を考えておく、ということで臨時町内会役員会議は解散となった。

「って、いうのが、今回のゴミ騒動の顛末だ」

シンゾウは、憤懣やるかたない様子で嘆く。

ちなみに、彼は臨時町内会役員会議のあと、いったんは家に帰ったものの、どうにも気分がくさくさして、『ぼったくり』の開店と同時に店に駆け込んできたという。

「ああ、あの掃除機。やっぱり不法投棄だったの……」

美音もその掃除機には気が付いていて、誰かがうっかり出してしまったものの、回収されなかったことに気付けばすぐに引き取っていく、そうであってほしいと願っていた。

ところが収集車が去っても、その翌日になっても掃除機はそのまま。またか……と暗い気持ちになっていたのである。

「まったくねえ……住民のモラルってのは、どこに行っちまったんだろうね」

シンゾウの隣に座ったウメも嘆く。自分がヒロシに連絡した手前、成り行きが気になっているのだろう。

「結局今回もお役所に頼ることになっちまったけど、これで都合三回目。あんまり頻繁だと、電話するヒロシも大変だろう」

シンゾウは、酒を注ぐ美音を見守りつつも、ため息が止まらなくなっている。馨は馨で、ストレートに怒っている。

「ほんっと、自分のことしか考えてないよね！　しかも、そういうことをする人に限って、自分の権利ばっかり主張して、税金の使い方にまで文句をつけたりするんだよ。不法投棄の処理なんかに使ってたら、福祉や教育に使うお金なんて残らないに決まってるじゃん！」

「ちょっと落ち着いて馨。そうやって決めつけないほうがいいわよ。もしかしたら本当に余裕がない人かもしれないし、他に理由があるのかもしれないし……」

宥めるように言う美音に、馨は呆れた顔で返す。

「お姉ちゃんって、相変わらずだよね。ばりばりの性善説、いい子ちゃん一直線！」

「あら、ひどい。そういうこと言うなら、悪い子路線に切り替えて、あんたの好きなタマネギのマリネ、全部お客さんに出しちゃうわよ」

「きゃー！　ごめん、お姉ちゃん、あたしが悪かった！　だから、ちょっとだけでも残しといてー‼」

その声で店内の客たちは爆笑、重苦しい空気が一変した。

哲と結婚することが決まって、少しは落ち着くかと思われた『ぼったくり』のムードメーカーは、相変わらず忠実にその役目を果たしていた。

そこで、不法投棄の話はさておき、といわんばかりに目を細めたのはウメだ。

「おやおや、そこまで馨ちゃんが騒ぐところを見ると、そのマリネは新タマネギなんだね！」

もともとあっさりした料理が好きなうえに、年齢的にも脂っこいものが食べにくくなってきた――そんなウメにとって、甘みと水分たっぷりの新タマネギで作ったマリネはぴったりの料理なのかもしれない。

さらに、シンゾウも椅子から腰を浮かしてカウンターの中を覗き込む。

「新タマネギが出てきたってことは……」

コンロの上から目を離せなくなっているシンゾウに、美音はぱっと鍋の蓋を取ってみせた。

「ご心配なく。シンゾウさんお気に入りの新タマネギの丸ごと煮も、ちゃーんとご用意してございます！」

「そうこなくっちゃ！　美音坊、そいつをひとつ俺に！」

「あたしにはマリネを頼むよ」

「はーい！」

そして美音は、ウメにはいつもの焼酎の梅割りと新タマネギのマリネ、シンゾウには、新タマネギの丸ごと煮を出す。

ちなみに新タマネギのマリネは、スライスしたタマネギを塩を入れた湯にほんの一瞬だけくぐらせたあと、ワインビネガーとみりんで和えてパセリを散らしただけ。新タマネギの丸ごと煮は、コンソメスープで丸のままのタマネギを煮込んで作る。いずれも素材が命、手間がかからない『ぼったくり』の名に恥じない料理だった。

ウメは早速、マリネに箸をつけ、新タマネギの食感と甘みを楽しんでいる。

「パセリの緑が真っ白なタマネギに映えてきれいだねえ……。歯触りはシャキシャキだし、これならいくらでも食べられるよ」

「こっちはこっちで、まったり甘くて堪らねえ」

シンゾウは、たっぷりのスープに入ったタマネギを箸で割って、少しずつ口に運ぶ。ただでさえ甘い新タマネギが、じっくり煮込まれることでさらに甘さを増す。ただのタマネギなのにいったいこの深い旨みはなんだ！　と文句めいた台詞まで飛び出した。

しばらくタマネギだけを堪能したあと、シンゾウは空のグラスに目をやる。そして、珍しく二杯目の酒をすすめるのが遅くなっている美音を、訝しげに見た。

「美音坊、次の酒……」

「失礼しました。では、こちらを……」

お待たせしました、と言いながら、美音はカウンターに酒瓶をのせた。

「やけにもったいぶると思ったら、新顔だな！」

「もったいぶるだなんて！　はい、どうぞ」

　シンゾウはグラスが渡されるのを待ち切れない様子で受け取り、そのまま一口啜（すす）った。

　舌の上で転がすようにしたあとゴクリと呑み下し、満面の笑みを浮かべる。

「いい感じの柔らかさだな」

「でしょう？」

「どこの酒だ？」

「さあ？　どこでしょう？」

　挑むように笑顔を向けられて、シンゾウはグラスの中の酒をもう一口含む。

　今度は口の中全体に広げ、そしてまた呑み込む。

「桃みたいな香り、口の中でふわりと膨らむ感じ……。あと、こいつの米は山田錦じゃないな。おそらく雄町（おまち）……」

「やっぱりご存じですか……」

落胆したように言う美音に、シンゾウはしっかりと頷いた。

「この味は知ってる。かなり昔だが、呑んだことがある。あれは……」

シンゾウは過去の記憶を探るように目を泳がせ、しばし考え込んだあと、ぱっと顔を輝かせた。

「広島だ！　そうか『雨後の月』って広島の酒だったんだな」

「正解でーす！　さすがシンゾウさん」

「よく手に入ったな。広島で呑んだきり、ここらで見たことはなかった。てっきり西のほうの酒だから手に入らないもんだと思ってたが……」

「最近はそうでもないみたいですよ。うちは昔からのルートで入れてもらってますけど」

「俺はときどき、お前さんの『ルート』ってやつが怖くなるよ」

「ほとんどは父が作ったものですから」

「それにしたってだ。先代が作ったルートを今もちゃんと繋げてる。それはそれで、大したもんだよ」

そう言いながらシンゾウは、カウンターの中の美音とグラスの酒を交互に見る。目尻が思いっきり下がっているところを見ると、昔呑んだ酒との再会がよほど嬉しかったのだろう。見ている美音まで、嬉しくなってくるような表情だった。

『雨後の月　吟醸純米酒』は広島の相原酒造という蔵元が醸す酒である。多くの蔵元が生産量を上げるため機械化に傾きつつある中で、徹底して手作りにこだわり続けてきた蔵でもある。

純米酒は、アルコールを一切添加しないだけに、米が如実に味を左右する。雄町は、山田錦や五百万石といった優良酒米を生み出した原種だけあって、その力強さと奥深さは比類がない。濃厚な香りと味で他を圧倒し、まさに酒米の雄と言うべき米だった。

その雄町に八反錦を掛け合わせて造った『雨後の月』は、いかにも吟醸酒らしいフルーティさと、柔らかくふっくらとした味わいを備える。シンゾウ曰く『バランスが絶妙だと、全国に根強いファンを持つ酒』とのことだった。

ただ、手作りだけに生産量に限りがあり、需要と供給のバランスにおいては少々需要過多状態。地元から離れれば離れるほど入手が難しい状況にある。それでもなんとか手に入れられるのは父のおかげと美音は常に感謝していた。

「へえ、『雨後の月』……。しゃれた名前だね。季節にも合ってる」

酒の名前を聞いたウメが、感心する。確かに、これから梅雨に向かうという季節に、ぴったりの名前だった。

「これから雨の日が多くなりますけど、雨上がりの月ってすごくきれいですよね」

「降りっぱなしはやるせねえが、たまに月を見せてくれるなら、雨もまた乙なり、だな」

「そうそう」

「うーん……」

シンゾウとウメ、そして美音の間に交わされる会話を聞いていた馨が、小さく唸ったあと、ちょっと年寄りくさくない？　なんて独り言を漏らす。そんな馨を、美音はじろりと睨んだ。

「なんでもなーい！　あ、ほらお姉ちゃん、煮汁が沸いてるよ！」

「あら、いけない」

美音は煮汁が沸き立った平鍋に、小ぶりなカレイをそっと沈める。落とし蓋をしてしばらく煮たあと、多めの煮汁とともに深めの皿に盛りつけ、ウメの前に置いた。

「はい、カレイの煮付けです」

「もう夏も近いんだねえ」

「暦（こよみ）の上では、もうとっくに夏です」

「とはいえ、まだ夜は肌寒い日もあるけどね」

「そんなときは……」

「そうそう、そんなときはあのお楽しみ」

美音とウメは顔を見合わせて、うふふ……と笑う。

「あー、例のやつね」

「馨、なにか言った？」

馨は呆れたように笑うが、美音はお構いなしで水を入れたやかんを火にかける。お湯が沸くのを待つ間に、ウメはせっせとカレイの煮物を平らげた。

やがてやかんがピーッという甲高い音を立て、ウメが嬉しそうな顔になる。いったん引き取った皿に、シュンシュンに沸いた湯を注ぐとウメの笑顔がはち切れんばかりになった。

「なるほど、骨湯か。昔っからウメ婆は、こいつが好きだったな」

「栄養があるって聞かされたんだよ、子どものころにさ」

「確かに俺も言われた。もったいないの間違いじゃねえか？　と思ったけどよ」

骨湯は骨付きの魚の煮物や焼き物を食べたあと、残った骨に沸騰したお湯を注いで作る。料理とは呼べない、単なる食べ方のひとつであるが、こんなふうにする人は年々少なくなっているように思う。特に若者は、貧乏くさいと嫌な顔をしかねない。

現に、小さいころ、親に食べさせられていて、骨から出る魚本来の旨みをよく知っている馨にしても、今では食べ終えた煮付けの皿に湯を注ぐことはしなかった。

「骨湯(こつゆ)って、貧者のスープって言われてるんでしょ？　やだよ、そんなの」

家にいるとき、馨はそんなことまで口にする。けれど、常連が骨湯を望むときは、そんな思いはちらりとも見せない。それどころか、使えるものは最後までちゃんと使わないとね、たとえそれが魚の骨でも、なんて笑顔で言うあたり、なかなか見事なプロ根性だった。

そんな馨に、シンゾウも調子を合わせる。

「そうそう、ゴミ寸前だったとしても、旨いものは旨い」

「シンさん！　ゴミっていうんじゃないよ。滋養がたっぷりなんだから」

「そいつぁ失礼。まあ楽しんでくれ」

雨がやってきそうな少し肌寒い夜、『ぼったくり』の店内は人々が交わす声と骨湯から立ち上る湯気で、冷たさとは無縁の時が過ぎていった。

「お帰り。今日もお疲れさま！」

階段を上がってリビングのドアを開けるなり、要の声が飛んできた。彼は今日、珍しく早く戻っていたため、わざわざドアのところまで来て美音を出迎えてくれたらしい。

「ごめんなさい、遅くなって」

「遅くはないだろ？　むしろちょっと早いぐらい」

要の指摘で壁の時計を見ると、確かにまだ日付が変わっていない。ウメやシンゾウたちが帰っていったあと、数組の常連たちが来てくれたが、彼らも案外短時間で帰っていった。要が戻っていることがわかっていた美音は、いつもより閉店作業を急いだ。とはいっても、閉店時刻前に暖簾(のれん)をしまったわけではなく、客がいなかったため後片付けその他を早めに済ませられただけだった。

「そう言われればそうですね。でも……」

「いいから、少し座って休んだら？」

とりあえずお茶かな……いや、やっぱり酒だ！　なんて自問自答しながら、要はキッチンカウンターの向こうに回る。

どうやら今日は持ち帰りの仕事もなかったらしい。テーブルの上に書類も広がっていないし、美音が取り込んでそのままにしてあった洗濯物も消えている。きっと要が畳んでタンスにしまってくれたのだろう。さらに、換気までしてくれたのか、部屋にむっとした空気もこもっていない。仕事から帰った夫にそこまでさせてしまったのか、と美音は慌てて頭を下げた。

「本当にごめんなさい、要さん」

「ブー」

いきなり要の口から出たブザー音に美音は面食らう。何か悪いことでも言っただろうか……と要を窺うと、彼の顔は少し、いやかなり不満そうだった。

「君が戻ってからまだ数分、その間に『ごめんなさい』が二回。なんでそんなに謝るの？　どっちも仕事を持ってるんだから、家事は余裕があるほうがやるって決めたじゃないか。しかも、このところずっとおれが忙しくて、家事は君に任せっきり。『ごめんなさい』はおれの台詞だよ」

「でも、私は一日中家にいますし……」

「それは単に君の職場がこの下にあるからであって、一日中遊んでるわけじゃないだろう？　仕入れもあるし、仕込みもある。ここの掃除、洗濯、おれたちふたりが飲み食いするものだって用意しなきゃならない。そういうのは全部、君が昼間のうちにやってくれてるよね？」

たまに早く帰れた日ぐらい、できることをやるのは当然だ、と要はまるで先生が生徒を窘（たしな）めるような口調で言う。

「でも、やっぱり……。疲れてる要さんに手伝ってもらうのは……」

それでも、素直に頷けない美音を見て、要は大きなため息を漏らした。

「『でも、やっぱり……』じゃないよ。それにおれは、家事を『手伝い』たいわけじゃなくて、自分の役割をきちんと果たしたいだけ」

手伝うっていうのは、最初から君が責任を持つことを前提にしている。共働きで、同じように遅い時間まで働いているのだから、どちらかに責任が偏（かたよ）るのはおかしい、と要は主張する。

「だからね、手伝わせてごめんなさい、なんて絶対に言わないでくれ。むしろ、おれの分担を君に押しつけてごめん、なんだからさ」

「要さん……」

その言葉だけで十分——美音はつくづくそう思う。

手伝ってくれるだけでありがたい、どんなに文句を言いながらでも、実際に手を動かしてくれるなら御の字だ。世の中にはご託を並べるだけで自分は一切手を出さない夫なんていくらでもいる。

それなのに、要は休日のたびに何食わぬ顔で家事をする。

ふたりでやればそれだけ早く終わる。労力だって半分だ。だからさっさと済ませてゆっくりしよう。そう言いながら要は洗濯機をセットし、掃除機をかけるのだ。

それは、しなければならないことを残したままでは、決して寛げない美音の性格を熟知しているからこそのおこないだった。

家の中がきれいに片付き、買い物も終わらせた休日の午後、ふたりで寛ぐ。それは美音にとって、かけがえのない時間だった。

「ってことで、『ごめんなさい』はなし」

「じゃあ……『ごめんなさい』じゃなくて、『ありがとう』なら？」

「それもちょっと違う気がするけど、まあいいか。『ありがとう』はいくら聞いても気持ちがいい言葉だから」

要の言うとおりだ。『ありがとう』は言うほうも聞くほうも気持ちがいい。『ごめんなさい』は対処に困るときがあるけれど、『ありがとう』なら笑顔を返すだけでいい。

――本当に私はいい人と結婚できた。馨が聞いたら、『けっ』て横を向くでしょうけど……

そんなことを考えていると、促すような要の声がした。

「じゃあ、奥さん。そろそろ飯にしようか？　おれがなにか作ろうかと思ってたんだけど、もうできてるみたいだし……」

要は少々残念そうに、コンロの上を見る。そこには深型の鍋があり、『ぼったくり』でも出した本日のおすすめ料理が入っている。帰宅したらすぐに食べられるように、店を開ける前に作っておいたのだ。

「これ新タマネギの丸ごと煮なんですよ。すぐに温めますね。あとはマリネとカレイの煮付けです」

「新タマネギとカレイ！　それは楽しみだ」

そして要は冷蔵庫を開け、歓声とともに日本酒の瓶を取り出す。もちろん、銘柄は『雨後の月　吟醸純米酒』、シンゾウが大喜びしたのと同じものだった。

美音が台所に立っているとき、要はときどきキッチンカウンターで立ち呑みをする。料理を作っている美音はもちろん、出来上がっていく料理を間近で見ていたいのだそうだ。

あらかじめ合わせてあった煮汁を煮立たせ、そっとカレイを沈める。その横で、要は酒を啜(すす)り、感嘆の息を吐いた。

「はあ……。西の酒は本当にしっかりと旨いなあ……。『米ってこういう味なんです』って主張してる」

「でしょう？　日本の西のほうはお酒といえば焼酎、みたいに思われがちですが、美味しい日本酒もたくさんあるんです。もっともっと、皆さんに吞んでほしいです」

「なるほど。それで、君が布教に努めてるってわけだ」

「そういうことです。今日はもう店で出してしまったお酒ですけど……」

「うん。わかってる。前は、シンゾウさんが先に吞んじゃうと悔しいような気がしたけど、今は平気。おれが先に味を試すことのほうが断然多いからね」

「というわけで、これからもよろしくお願いします」

「君の舌には及ばないけど、がんがん吞んで素人なりの意見を提供するよ」

「お世話になります」

軽く頭を下げた美音に、要は軽く杯を上げて乾杯の仕草をする。おそらく『任せとけ』の意味だろう。

『ぼったくり』にいるときは客にすすめるだけの酒も、自宅に戻れば要と一緒に味わうことができる。美音は常々酒に強いと言われているけれど、大酒吞みというわけではない。何日も続けて一滴も呑まなくても平気だ。

それでも、居酒屋の店主である以上、酒の吟味は欠かせない。今までも、帰宅したあとに酒の味を確かめたり、合う料理を探すために酒を呑んだりすることはあったけれど、今とは全然違う。

一日の終わりに、要と語り合いながら杯を交わすのは格別の楽しみだった。


「あの掃除機、やっぱり不法投棄だったのか……」

「そうなんです。ヒロシさん、ぷりぷり怒ってました。どうせ通りすがりに捨ててったんだろうって」

「通りすがりか……。まあ、その可能性はゼロじゃないけど、案外、住民の仕業かもしれないよ」

「ヒロシさんはそれはないだろうって。この町内の人だったら、収集所に残ってるのを見たらさっさと持ち帰るはずだって言ってましたけど」

ゴミ収集所に残されているのを知っていながら何日も放置するのだから、悪意があるとしか思えない。そんな不届きな輩は町内にはいないから、通りすがりに決まってる、というのが町内会の大半の意見だった。

　ところが要は、なぜか不満そうに訊ねてくる。

「君はどう？　やっぱりこの町以外の人の仕業だと思う？」

「もちろん。……というか、そういう人が同じ町内にいるとは思いたくないっていうのが本音です」

「でも、通りすがりの人なら逆に始末が悪いよ」

「どうしてですか？」

「仮に通りすがりの人だったとして、不法投棄はこれで三度目だよね。本棚を捨ててうまくいったから次は物干し竿、その次は掃除機……この先だって、粗大ゴミが出るたびにここに持ってくるかもしれない」

　この商店街は『ぼったくり』を除いて閉店時刻が早い。さらに裏通りとなると、夜の十一時を過ぎればほとんど人通りがなくなる。不法投棄を企む不届き者にとって、絶好の環境なのだ。粗大ゴミの処分を申し込む手間も、料金もいらないとなったら、何度でも同じことを繰り返す可能性がある、と要は指摘する。そして、本当に理解できない、と呟いた。

「本当ですよね。ゴミぐらいちゃんと処理してほしいです」

「うん、それもあるけど……おれが言うのはちょっと違うんだ」

どういう意味だろうと首を傾げる美音に、要はいたずらっ子のような目になって言った。

「粗大ゴミの手続きは面倒、お金だって払いたくない。その気持ちはわからないでもない。でも、おれだったら不法投棄なんてせずに、分解しちまうよ」

「分解⁉」

美音は思わず素っ頓狂な声を上げた。正直、なぜ『分解』という言葉が出てくるのかわからなかったのだ。一方要は、平然とその理由を説明し始めた。

「不燃ゴミの袋に入りきらないから粗大ゴミになる。だったら、袋に入るようにしちゃえばいいんだよ。リサイクル法があるからパソコンやテレビ、冷蔵庫、エアコン、洗濯機は無理だけど、掃除機なら問題ない。ばらばらにして袋に突っ込んじゃえば、ちゃんと回収してもらえる」

区役所が配っているゴミ処理についてのパンフレットにもちゃんと書いてある、と要は言う。美音は分別については読んで知っていたが、分解して不燃ゴミの袋に入れる、なんて考えたこともなかった。

「おれに時間があったら、いくらでも分解してやるのに！」

あまりに強い口調に、美音はまじまじと要の顔を見てしまった。

「なんでそこまで……」

「力を入れてるんだ、って？　だってさ、せっかくばらばらにしていい機械が目の前にあるのに、時間がなくてできないんだぜ？　男なら絶対悔しいよ」

「男なら絶対……？　それは要さんだけじゃ……」

わざわざ時間をかけてゴミを分解したい人がいるとは思えない、と言う美音に、要は真っ向から反対意見を述べた。

「おれだけじゃない。少なくともおれの友だち連中なら、目の色変えて駆けつけるよ。もちろん、ドライバーセット持参で」

「そういうのを『類友』って言うんです」

「そう？　でも、少なくともおれは子どものころからずっとそうだった。分解していい機械を見つけ次第、それどころか分解しちゃ駄目なやつまでばらばらにして、こっぴどく叱られた」

「大事なものをばらばらにしちゃったら、叱られて当然です」

「そんなに大事なものなら、目につかないところにしまっとけ、だよ。おかげで親父に拳骨（げんこつ）までもらって……じゃなくて！」

　そこで話が脱線していることに気付いたのか、要は話を掃除機に戻した。

「とにかく、分解作戦はけっこう有効だよ。この辺にいないのかな、おれみたいな分解マニアは……」

『分解マニア』なんてそういるかしら……と思いつつも、確かに掃除機程度の大きさなら分解してしまえば不燃ゴミの袋に収まる。短い期間に不法投棄が三度も続き、後始末に辟易（へきえき）しているヒロシも、区役所に電話をかける必要がなくなれば助かるに違いない。

そこで美音は、町内の住民を片っ端から思い浮かべた。

——早紀ちゃんちの直也君はそういうのが好きそうだし、ミチヤさんのところのコウイチ君は理系の大学に進んだんじゃなかったかしら。工学とか機械って言葉を聞いた覚えもあるから、もしかしたら……

「『分解マニア』かどうかはわかりませんが、興味を持ちそうな子ならいるかもしれません。明日にでも訊いてみます」

「うん、それがいいよ。そうすれば無事に不燃ゴミとして回収されるし、本来必要がない税金を使われることもない」

要は、どうしてもやる人がいなかったらおれがなんとか……と、あきらめの悪いことを言っている。話している間に食事は終わり、酒も足りた様子。美音は、立ち上がって食器を集め始めた。すぐに要も席を立ち、美音が運んだ食器を洗う。

呑むのもふたり、食べるのもふたり、片付けるのもふたり……

ふたりが当たり前になっている日常を嬉しく思うと同時に、ちょっと照れくさいと感じる美音だった。

†

翌日、朝一番で『魚辰』を訪ねた美音は、登校前のコウイチをつかまえることに成功した。

不法投棄された掃除機を分解してみないか、という美音の提案に、コウイチはふたつ返事だった。

「分解しちゃっていいの？　マジ？」

その笑顔といったら、去年の夏に進路のことでミチヤと連日大喧嘩していたころとは比べものにならないほどの輝きだった。

親子喧嘩を繰り返した挙げ句、息子の扱いに困ったミチヤ夫婦は、小さいころによく一緒に遊んでいた美音に相談を持ちかけた。

自分にできることなどあるかしら……と困りはしたが、『ぼったくり』に呼び寄せ、昼ご飯として天津飯を食べさせた。美音が大学に進むにあたって父親から言われたことや、それに対する美音の考えなどを聞いたことで、コウイチは自分なりの結論に辿り着いたらしい。それでも美音に何を告げるでもなく帰っていったが、その後、受験勉強に取り組み始めたという。

そんなコウイチが選んだのは工学部。おそらく、いずれ『魚辰』を継ぐのだから就職先の心配はない。それならば、本当に自分が学びたいことを学ぼう、と考えたに違いない。

「親父もおふくろもすごく応援してくれたし、喧嘩することもなくなった。なにより、そんな暇はなかったし。おかげで無事、大学にも入れた。美音さん、ありがとう」

大学の入学式を終えたその足で挨拶に来たコウイチは、そう言って美音に深々と頭を下げた。

あんなに投げやりな目をしていたコウイチが、掃除機の分解と聞いて今にもドライバーを取りに行きそうなほど意気込んでいる。それは、美音にとっても嬉しい限りだった。

「じゃあ、俺、学校に行く前に『八百源』に寄って、俺が掃除機を分解していいか聞いてみます。ヒロシさんがいいって言ってくれたら、区役所にも連絡して収集に来る必要はないって言わないと……」

コウイチは、自分が電話をかけてもいいけれど、区役所のどこにかければいいかもわからないし、とりあえず町内会長に確認してから……と言う。

いつの間にか、こんなにしっかりして……と美音はさらに嬉しくなってしまった。

「そのほうがいいですよね？」

「そうね。でも、ヒロシさんはそろそろお店を開ける準備で忙しくなる時間だから、急がないと。あ、なんなら私から話しておこうか？」

「大丈夫です。すぐに行ってきます。俺、今日は二限目からだから、ヒロシさんのOKが出たら、ついでに寄り合い所に寄って掃除機を引き取ります。美音さんも忙しいでしょうし、もう店に戻ってください」

「あら、そう。じゃ、よろしくね」

「了解です！」

そしてコウイチは、善は急げ、とばかりに『八百源』に向かって駆け出していった。


店先を掃除していたヒロシは、息せき切って走ってきた『魚辰』の跡取り息子を見て、何事かと目を見張った。

また親父と喧嘩でもして飛び出してきたわけじゃあるまいな、最近落ち着いていたと思ってたけど違ったのかな……なんて心配になる。

ところが、そんなヒロシの心配とは裏腹に、コウイチは真剣そのものの表情で、掃除機を分解してもいいか、と訊ねた。どういうことだ？　と話を聞いてみると、美音から分解してしまえば不燃ゴミの袋に入るのではないか、と提案されたらしい。

「俺、もともと機械が好きだし、掃除機の構造についてもすごく興味があるんだ。勉強にもなるし、やってみてもいいかな？」

それを聞いたヒロシは、にやりと笑ってしまった。

なぜなら、コウイチが幼稚園ぐらいのとき、家にあった時計やラジカセを片っ端から分解した挙げ句、元に戻せなくなってミチヤにこっぴどく叱られていたことを思い出したからだ。

「そういえば、お前の父ちゃん、『またコウイチが時計を壊しやがって、朝起きるのに難儀しまくりだ』って、散々嘆いてた。お前の壊し屋は昔からだったな」

「壊し屋って……。でも、そうか……親父、困ってたのか……」

そりゃそうだよな、とコウイチは肩を落とす。慌ててヒロシは話を続けた。

「あ、すまん。困ってたって言っても、たぶんあれは口だけだ。あいつ、困ったって言いながら、かなり嬉しそうな顔をしてた」

「嬉しそう？」

「ああ。それに、あとになって、坊主がドライバー握ってあれこれやるのは見てて面白いなあ、とも言ってた。うちのは野球一辺倒、握るのはもっぱらバットでドライバーも鉛筆も持ちゃしなかったから、俺もちょいと羨ましかったぜ」

「バットのほうが元気があっていいと思うけど」

「そこはそれ、隣の芝生ってやつよ。ま、話はわかった。粗大ゴミが不燃ゴミになるなら、町内会としても大助かり、ひとつよろしく頼むよ。あ、そうだ。せっかく専門の勉強をしてるんだから、分解だけじゃなくて直すほうも頑張ってみたらどうだ？」

壊し屋から修理屋に格上げ、ミチヤも目を剥くぜ、と発破をかけると、コウイチはにやりと笑って頷いた。

「やってみるよ。できるかどうかはわからないけど。四限目、つまらなそうな講義だからサボって帰ってきちゃおうかな」

「ふざけんな！　さっさと行ってちゃんと勉強してこい！」

「うへえ……」

拳骨でも落としそうなヒロシの様子に、コウイチは首をすくめた。さらに、俺には親父がふたりいるみたいだ、なんて嘆く。

ヒロシは苦笑しつつ、だめ押しをする。

「ふたりどころじゃねえぞ。この町の子どもはそこらの大人が全部親みたいなもんだ。あんまりたるんでると、四方八方から締められるぞ」

「そうなんだよなあ……。大丈夫かな、分解しくじったりしたらぼろくそに言われたりして」

「一生懸命やった上での失敗なら、誰も責めたりしねえよ。それに、しくじったところでどうってこたあねえ。もともとゴミなんだからな。ま、気楽にやってくれ」

そしてヒロシは、寄り合い所の管理を引き受けてくれているタケオと区役所に連絡しておくと伝え、掃除を再開した。元気に手を振って去っていくコウイチは、幼稚園のころとちっとも変わらない笑みを浮かべていた。

それからしばらくして、不法投棄が相次いだゴミ収集所にちょっとした変化があった。

最初に気付いたのはウメで、散歩の途中で見慣れないものを見つけた、とシンゾウにご注進に及んだのだ。

　ウメに引っ張られてゴミ収集所に行ってみたシンゾウは、一目見るなり眉をひそめた。

「こいつは防犯カメラってやつだな。ヒロシがつけたのかな。けっこう値が張るものらしいが……」

「町内会でそんな話が出てたかい？」

「いや、聞いてねえ。まさかあいつ、自腹で……？」

「そりゃ気の毒すぎる。この町で起きたことなんだから、町内会のお金を使うか、みんなで分担しないと……」

「確かに。いずれにしても、ちょっと訊いてみよう」

　そしてふたりは、その足で『八百源』に向かい、店番をしていたヒロシに訊ねた。

「おい、ヒロシ。ウメ婆んちの近くのゴミ収集所に、高そうな防犯カメラがついてたが、金の出所は……」

ところが、心配そうに切り出したシンゾウに、ヒロシは大笑いだった。

「高そうに見えたか！　じゃあ大成功だな」

「はあ？　どういうことだ？」

「実はあれ、ダミーなんだ」

「ダミー？　偽物ってことかい？　でもメーカーの名前とかちゃんと入ってたよ。シンさんにも見てもらったけど、ちゃんとした会社だった」

有名メーカーの名前を一文字だけ入れ替えたロゴを貼り付け、あたかもそのメーカーが作ったように思わせる、というのは、模造品ではよくあることだ。

シンゾウは最初、それではないかと疑い、じっくりロゴを確かめた。だが、防犯カメラについていたのは歴（れっき）としたロゴ、つまり正規に販売されている防犯カメラだったのだ。

「あたしたちに、お金の心配させたくなくて、そんなことを言い出したんだろ？」

ウメに、いくら町内会長でも、自腹を切ってまで……、と怒ったように言われ、ヒロシは慌てて頭を下げた。

「すまん、ウメ婆。あれは確かに本物だった。でも、今はダミーなんだ」

「どういうことだい？」

「もともとはちゃんとした会社の製品だったし、動いてもいた。でも、今は壊れてる。つまりそういうことだ」

「わざわざ、壊れたカメラをくっつけたのかい⁉」

ウメは素っ頓狂な声を上げたが、ヒロシはかまわず説明を続けた。

「この間の掃除機、『魚辰』のコウイチとアパートの直也が分解したんだ。コウイチはひとりでやりたかったらしいが、運悪く直也に見つかっちまってな。僕にもやらせて！　ってねだられて、断るに断れなくなったらしい。で、泣く泣く一緒にやる羽目に……」

お兄ちゃんお願い！　とまとわりつく直也が目に浮かび、シンゾウは思わず苦笑した。

それはさぞやコウイチも難儀しただろうな……と気の毒になってしまう。

「コウイチは尖ってたこともあったが、もともと気のいいやつだからな。チビ助にせがまれたら断り切れねえよな」

「そういうこと。で、頑張って分解した結果、あの粗大ゴミは見事に不燃ゴミになったってわけ」

「それはご苦労だったな。わざわざ区役所の手間を取らせずに済んで万々歳だ」

「だよな。でも、コウイチとしては『ゴミ』じゃなくしたかったらしいぞ」

「ゴミじゃなく……？　あ、直そうとしたってことか」

「正解。あいつ、学校で機械のことかじってるだろ？　分解して、どこが悪いか散々考えていろいろやってみたものの、やっぱりわからなかったらしい。もっと勉強しなきゃなあ、ってすげえ悔しそうに言ってた」

「あはは！　なかなか殊勝じゃねえか、『魚辰』の跡取りはよ」

「まるで骨湯みたいな話だね」

ウメは、ひとりで頷きながらそんな台詞を呟いた。シンゾウとヒロシに怪訝な顔をされ、したり顔で説明する。

「不法投棄された掃除機を分解して楽しむ。その上、自分の勉強不足を悟って、もっと頑張ろうって思ったんだろ？　煮付けを食べて残った骨の出汁（だし）を味わって、栄養をもらう骨湯そっくりじゃないか」

「なるほど、そういうことか。ウメ婆はつくづく骨湯が好きなんだな。もしかしたら、猫の生まれ変わりかなんかじゃねえのか？　クロと以心伝心なのは当然だな」

　飼い猫との仲までシンゾウに冷やかされ、ウメはむっとした顔になって言った。

「ほっといておくれ。それより、掃除機の話はわかったけど、それが防犯カメラとどう繋がるんだい？」

　ウメの言葉で、ヒロシは慌てて話を続けた。

「すまねえ。つい脱線しちまった。とにかく、あのカメラはコウイチが持ってきたんだ。随分楽しませてもらったから、そのお礼に細工してみたんだとさ。防犯カメラがついてるだけでも、不法投棄が減るかもしれないって」

　防犯カメラがあるだけで、犯罪の発生率が下がるらしい。だが、防犯カメラを買うとなったらそれなりにお金もかかるし、不法投棄のために町内会の予算を割（さ）

くのは納得がいかない。ダミーでも効果があるかもしれないから、とりあえずつけてみてはどうか、というのがコウイチの意見だそうだ。

「どっかから壊れたカメラを拾ってきたらしい。面白いこと考えるよな、あいつ」

ヒロシはものすごく楽しそうに言う。そして唇の前で人差し指を立てた。

「シンさん、ウメ婆、あれがダミーだってことは内緒にしてくれよ」

「わかったよ。町内会のトップシークレットってことだな」

「たいした秘密だね、まったく」

どれほど効果があるかはわからない。それでもこのままなにもしないよりはマシ、しばらく様子を見よう。もしもまた不法投棄がなされたとしても、あのふたりに分解してもらえばいい、ということで三人は頷き合い、それぞれの家に戻っていった。

防犯カメラが功を奏したのか、たまたま不届き者が捨てたいものが底をついたのか、それ以後、収集所に掟破りのゴミが出されることはなくなった。

ダミーの防犯カメラがつけられたことを聞いた要は、心配そうに美音に訊ねた。

「みんなが知ってたら、意味がないような……」

少なくとも美音は知っているし、要だって聞かされた。この町の人たちはとても仲がいいから、いくらヒロシが口止めをしても、あっという間に公然の秘密になってしまうのではないか、と彼は言うのだ。

だが、美音はそれはそれでかまわないと思っていた。

「あれがダミーだって知っているのが町内会の人たちだけなら、問題ないでしょう。そもそも、この町の人はそんなことしません」

よその人が捨てに来ていたに違いない、と主張する美音に、要はあっさり同意した。だが、それでもなお、要は思案顔のままだ。

「他にもなにか、気になることがあるんですか？」

「うん……。コウイチ君はあの防犯カメラをどこから手に入れたんだろう。防犯カメラはけっこう高いし、そう簡単に手に入らないと思うんだけど……」

「そうなんですか？　ヒロシさんが『どっかから拾ってきた』っておっしゃってたから、そうだと思ってたんですけど」

「拾ってきた？　そう簡単に落ちてるものじゃないし、ジャンク品だってけっこうする……待てよ、コウイチ君って工学部だったよね？」

「そうです。機械の勉強をしてるそうですよ」

「だとしたら、大学から拾ってきたのかも」

「え、学校のものですか⁉」

「たぶんね。そりゃ『どっかから』としか言えないよな」

そう言いながら要は苦笑している。

今は防犯に気を遣っている大学が多い。入退室の際、ＩＣカードによる認証を求めるのはもちろん、防犯カメラを設置しているところもある。防犯カメラだって機械だから、壊れることもあるだろう。機械好きの教員なら、壊れたカメラを引き取って調べようとするかもしれない。

コウイチが『拾ってきた』のは、そんな防犯カメラだったのではないか、と要は言うのだ。

「大学の先生がそんなことするでしょうか？」

「さすがに先生はないか……だとしたら、先輩とか？　おれだったら速攻でもらい受けるよ。でもって、散々弄り倒して気が済んだら放置。ありそうな話じゃない？」

このところ大人たちはずっと不法投棄に悩んでいるようだ。なんとかならないかと考えた結果、コウイチは研究室の片隅で忘れ去られている防犯カメラを思い出した。作動しないにしても、防犯カメラがあるだけで抑止力になるかもしれない。そう考えたコウイチは、大学から持ってきた防犯カメラをゴミ収集所に設置した。おそらく彼のことだから、ちゃんと許可は得たに違いないが、あれこれ訊かれるのが面倒で『拾ってきた』と言ったのではないか、というのが要の推測だった。

「そうかもしれませんね……」

美音にしてみれば、防犯カメラの抑止効果はもちろん、コウイチが自ら対策を考えてくれたこと自体が嬉しかった。掃除機でも防犯カメラでも、次はちゃんと直せるようにしっかり勉強すると言ってくれたことはさらに……。あのミチヤと喧嘩ばっかりしていた高校生が、よくぞここまで、と拍手喝采したいぐらいだった。

「とにかく、私はコウイチ君の気持ちが嬉しいです。これならミチヤさんも安心です」

父親のあとを継いで、『魚辰』の立派な店主になるに違いない、と微笑む美音に、要はにやりと笑って言い返す。

「それはどうだろう？　案外、機械の勉強がすごく面白くなって、将来もその関係の仕事に就きたいと思うかもしれない」

「それならそれで仕方ないです。大学に行ったほうがいいって言ったのはミチヤさんですし。でも、コウイチ君はそんなことはしないと私は思ってます。大学で勉強したことを生かして、ハイテクな魚屋さんにしちゃうんじゃないですか？」

「ハイテクな魚屋……」

それは実に興味深い、と要は身を乗り出す。そして美音はそのあと、小一時間にわたって魚屋と最新技術の融合の可能性について、要の見解を聞かされる羽目に陥ったのだった。

新タマネギとタマネギ

新タマネギは、サラダやスライスオニオンといった生食に打ってつけの野菜。売り場に新タマネギが並び始めると春の訪れを実感される方も多いかと思います。ですが、実際、新タマネギとタマネギはどこが違うのでしょう?

品種?　取れる時期?　いいえ、どちらもまったく同じです。本来タマネギというのは、水分を抜いて保存性を良くするために一ヶ月ぐらい干してから出荷されるのですが、新タマネギは掘り出したあと干さずに出荷します。あの瑞々しさと抜群の歯触りは、タマネギが地中で蓄えた水分がたっぷり残っているからこそ。普通のタマネギに比べて甘みが強く、火の通りも早いですが、保存性はいまひとつですので、冷蔵庫で保存し、二、三日のうちに使ってしまってください。

肉詰めピーマン（洋風・和風）

茄子のとろとろ煮

鱚の磯辺揚げ

掛け違えたボタンの外し方

夏の夕暮れはゆっくりとやってくる。

あと一ヶ月もすれば、釣瓶落(つるべお)としと言われるぐらい急いで隠れていく太陽だけれど、今は午後遅くになっても元気にその光を放っている。

役目を終えるにはまだまだ早い、とでも言いたそうな太陽は、どこか商店街の年寄りたちを思わせて、美音はクスッと笑ってしまう。

それでも小学生までの子どもたちの門限は、日の暮れとは関わりなく決められていて、この町では午後五時になると家の外にいる子どもたちに帰宅を促(うなが)す音楽が流れる。

誰もが知っていて、そして聞けば家路に誘われる夕焼けをモチーフにした童謡。

少し離れた区役所の出張所にあるスピーカーからその曲が流れてくると、子どもたちは急いで家に向かう。

ばいばーい！　またあしたねー、なんて手を振りつつ公園から帰っていく子どもたちを横目に、美音は『ぼったくり』へと急ぐ。

開店間際になって片栗粉の買い置きが切れていることに気付き、慌てて買いに走った帰りである。

「あら……？」

公園にひとつだけ人影が残っている。子どもが遊ぶにあたって危なくないように、と植栽が刈り込まれ、見通しがいいので、通りすがりでも人影の有無はすぐわかるのだ。しかもその人影は子どものものではない。小さなベンチに俯いて座り込んでいたのは、『ぼったくり』の常連のひとり、リョウだった。

「リョウちゃん、どうしたの？　こんなところで……」

美音の声で顔を上げたリョウは、とっさに腕時計を確認し、慌てて立ち上がった。

「ヤバい！　もうこんな時間になってる。俺、会社に戻らなきゃ！」

「え……ちょっと、リョウちゃん⁉」

そのままリョウは美音に頭だけ下げて、足早に公園を出ていった。

リョウは人懐こくて、いつもなら身の回りで起こったあれこれを美音や馨に面白おかしく話してくれる。仮に本当に急いでいたにしても、ほとんど言葉を交わすことなく去っていったリョウに、美音は戸惑いを隠せない。そもそも、昼休みならともかく、日没間近のこんな時間に、公園のベンチに座り込んでいること自体がおかしかった。

けれど、リョウの姿はもうとっくに見えなくなっていたし、開店時間も迫っている。心配する気持ちを抑え、美音は『ぼったくり』へと急いだ。

†

アキが、『本日のおすすめ』が書かれたホワイトボードを見るなり、歓声を上げた。

「やったー！　今日のおすすめは肉詰めピーマンだ！」

その声を聞いただけで、馨はもうご飯と味噌汁の用意を始める。アキがこんな声を上げたときは、たいてい酒の注文はせず、いきなり食事を望むことが常だからだ。

アキは『ぼったくり』では、いいことがあったときはお酒、そうじゃないときはご飯を食べて元気を出す、と言っている。けれど、肉詰めピーマンがメニューに載った日は例外で、いいことの有無に関係なくお酒はパスと決まっていた。

「で、アキさん。今日はどっち？　洋風？　それとも和風にする？」

「問題はそれよね。うーん、どっちも捨てがたい……」

アキが、両方は食べきれないし……と悩んでいるところに入ってきたのはリョウだった。

公園から慌てて駆け出していったのは、五時過ぎ。今は八時になるところだから、おそらく彼は残業をしていたのだろう。

入ってきたリョウを認めたアキは、なにかを迷うような沈黙のあと、再び元気な声を張り上げた。

「食欲魔人登場！　なんてグッドタイミングなんでしょ。美音さん、肉詰めピーマンは和風と洋風の両方ちょうだい!!」

分けっこすればいいよね、とアキは上機嫌になっている。ところが、リョウはアキの言葉に顔をしかめ、吐き捨てるように言った。

「俺、ピーマンは苦手なんだけど」

「そうだっけ……？」

「前にも言った。どうせ、子どもみたいって思ってんだろ！　あ、それとも嫌がらせ？　嫌いでもなんでも食わなきゃ身体に悪いとか、おふくろみたいなことを言いたいわけ？」

「誰もそんなこと言ってないじゃん！」

いきなり始まってしまった口喧嘩に、美音と馨は思わず顔を見合わせる。

このふたりはこれまでだって何度も言い合いをしている。むしろ、お互いをからかって楽しむ姿がデフォルトなのだ。けれど、今日はいつもとは様子が違う。なんだか深刻な喧嘩に発展しそうな雰囲気がある。美音にしてみれば、いったいなにがあったの⁉　と問い質したくなるレベルだった。

馨は馨で、なんなのこのふたり、いったいどうしちゃったの？　といわんばかりの目を美音に向けてくる。手には、挽肉を詰め、焼くばかりになったピーマンが入ったバットを持ったまま。焼いていいのかどうか判断に困っているのだろう。それでも、気まずい状態をなんとかしたかったのか、精一杯明るい声で言う。

「そっか。リョウちゃんって、ピーマンが嫌いだったんだ！」

「子どものころから苦手だったんっす。あの、いかにも俺は身体にいいんだぜ！　苦みが旨いと感じられるようになってこそ大人！　って感じがどうにも……」

「実際に身体にいいし……」

アキは口の中でぶつぶつ言っているが、リョウは彼女の顔をまともに見もしない。

こうなると、さすがに男女の機微（きび）に疎い美音でも、問題はピーマンの好き嫌いではないことぐらいわかる。おそらくこのふたりは、『ぼったくり』に来る前から喧嘩をしていたのだろう。

アキは、リョウに対して気まずい思いを抱えていた。そこにリョウが来てしまったが、なんとかいつもどおりに振る舞おうとした。そうすることで、喧嘩を水に流そうとしたに違いない。それなのに、リョウはまったく受け付けず、喧嘩は続行……ということらしい。

アキが、もともと自分が嫌いなピーマン料理を頼もうとしたことで、さらに頑なになってしまったのかもしれない。

「……ってことは、肉詰めピーマンは……」

「俺はパスです」

リョウがきっぱりと言い切った。とりつく島もないという感じのリョウに、アキは黙って下を向く。

馨がまた困ったように美音を見た。美音は、馨が持っていたバットからピーマンを六個、フライパンに移す。

「アキさん、今日は一人前の肉詰めを和風と洋風の両方で半分ずつ作るわ。で、リョウちゃんは何か別のものにしたら？」

「美音さん、そこまでしてくれなくていいわ！」

アキが慌てて手を振って断った。

確かに『ぼったくり』は融通（ゆうずう）が利く、いや利きすぎる店だ。一人前をふたりに、あるいは二人前を三人に分けて盛り付けることもある。だが、一人前の量を別々の調理法で出したことはない。だからアキは当然遠慮したし、どちらかを選ぶべく考え始めた。

美音だって、既にアキが肉詰めピーマンなんてどうでもよくなっていることぐらいわかっていた。けれどこのままではどうにも収まりがつかない。ということで、あえていつもならやらない方法を提案したのだ。

「大丈夫よ、肉詰めピーマンはどっちにしたってまず焼くんだから。焼けた半分をケチャップとウスターソース、残りを出汁（だし）で煮込むだけ。大した手間じゃないわ」

これで両方食べられるでしょ、と美音はにっこり笑った。その間に、馨はリョウに別の料理をすすめている。

「リョウちゃん、今日は茄子のとろとろ煮があるよ。茄子は好きだったよね？」

「大好物です」

「うん、じゃ決まり！　お姉ちゃん、リョウちゃんに茄子のとろとろ煮、一丁！」

元気に注文を通し、馨は肉詰めピーマンをひっくり返す。一方美音は、茄子のとろとろ煮の支度をする。

ところどころ皮を剥き、厚めの斜め切りにした茄子を薄味でじっくり煮込む。煮上がったところで煮汁を沸き立たせ、片栗粉をまぶした豚ロースの薄切りを入れて火が通れば完成だ。片栗粉をまぶすことで、豚ロース肉が固くなるのを防げるし、出汁にとろみもつけられる。

茄子だけではあっさりしすぎるが、豚肉を足すことでボリュームが出る。しかも酒にもご飯にもぴったり、ということで茄子のとろとろ煮は、男性からも支持が厚いメニューだった。

「あーやっぱり旨いなあ……。茄子って夏野菜の王様っすねえ。飯が進む、進む」

リョウはさっきまでの不機嫌顔はいったいどこに行ったの？　と思ってしまうほど嬉しそうに、茄子のとろとろ煮で丼飯を掻き込んでいる。

相当空腹だったらしく、リョウもお酒の注文はなく、最初からご飯だった。

「定食屋さんみたいだね」

なんて馨は笑うが、あまりにも『今更』すぎる感想である。『ぼったくり』は父の代から、酒が呑みたい人は酒、ご飯が食べたい人はご飯、という居酒屋の概念から少々離れた店だった。

「いいのよ。ご飯でもお酒でも、好きなようにしてもらえれば。うちがお客様に要求するのは『大人』だってことだけですから」

美音がそう言った瞬間、リョウの箸が止まった。

リョウは一日食べ始めたら、よほどのことがない限り箸を止めない。特に、丼飯とお気に入りのおかずが出てきたときは、『食欲魔人』そのものでわしわしと食べ進めるのだ。そのリョウが、動きを止め、隣に座っていたアキにちらりと目をやった。その視線はけっこう冷たくて、気軽に『どうしたの？』なんて訊けない雰囲気だ。そして彼は、ふう……とため息をついたあと、おもむろに箸を持ち直し、残っていたご飯を平らげた。

「ごちそうさまっす。俺、明日も早いんで、今日はこれで」

リョウは会計を済ませ、引き戸から出ていく。あとに残ったのは、あっけにとられている美音姉妹、そして憂い顔のアキだった。

「ねえ……アキさん」

馨がためらいがちに口を開く。

馨は、普段からなにかにつけ『きっぱりはっきり』というタイプだ。その彼女が、様子を窺うような話しかけ方をしなければならないと判断するほど、アキは切なそうだった。

「あたしってやっぱりリョウのこと子ども扱いしてるのかな……」

アキはそう言いながら、カウンターに頬をつけた。

そういえば、以前はよく彼女のこんな仕草を目にした。けれど、近頃はすっかりご無沙汰で、悩みなんてどこへやら、始まったばかりの恋を心底楽しんでいる様子だったのだ。

アキは頬とカウンターを擦り合わせるようにして呟く。

「あーやっぱり、檜は違うなあ……。香りもいいし、感触が柔らかいっていうか、懐が深いみたいな気がする……」

あたしもあんたみたいになりたいなあ……とアキは檜のカウンターに語りかける。さらに囁くような声が続いた。

「そしたら、下らないことで喧嘩になんてならないだろうに」

馨が困ったように美音を見た。話しかけてはみたものの、話の接ぎ穂に困ったのだろう。

アキは、依然として頬をカウンターにぴったりつけたまま、愚痴とも懺悔ともつかない調子で呟く。

「やっぱり年下と付き合うって難しいなあ……。今までが今までだったから、ついつい弟みたいに扱う癖が抜けないんだよね。あいつにしてみたら、そりゃあ気に障るよね……」

学生時代からの延長で旺盛な食欲を抱えるリョウは、毎月給料日前になると財布が悲鳴を上げる。そして『ぼったくり』に現れては美音の情けにすがってご飯やおかずの大盛りサービスで乗り切っていたのだ。

その『ぼったくり』が二ヶ月近く休業すると聞いて、リョウは真っ先に自分の食い扶持の心配をした。そんなリョウに、どうしてもだめならあたしがなんとかしてあげる、と言ったのがアキだ。

アキは本当にその言葉どおり、早速リョウの胃袋の面倒を見始めた結果、『ぼったくり』の休業を待たずして付き合い始めることになった。それまでも、お互いを憎からず思っていることは傍目にも明らかだったから、ふたりの交際に美音も馨も大賛成、周囲も温かく見守ってきたのだ。

「でもさ、アキさん。アキさんは面倒見のいいお姉ちゃん気質だし、リョウちゃんは甘えん坊な弟気質そのものじゃん。けっこううまくいくと思うんだけど」

馨にそう言われ、アキはようやく身を起こして、カウンターの向こうの姉妹を見た。

「うん……あたしもそう思ったんだよね。特に気負わず、今までどおりにやってけばいいんだって。でも、それじゃあ駄目みたい……。普通の『呑み友』と彼氏は違うんじゃないかって」

恋愛において、男女間の年齢差というのは自分が思っている以上に、大きな要素だったのではないか。それを蔑ろにしてしまったために、自分たちはうまくいかなくなっているのではないか、とアキは自省した。

「だってね……。美音さんと要さんだって、ある意味あたしたちみたいなものでしょ？　美音さんは長女だし、要さんは弟。美音さんがいつも要さんのご飯の心配をしてたってところまで一緒じゃない。それなのに、美音さんたちはこんなにラブラブ。あたしたちは……」

そこでアキは言葉を切り、またカウンターに突っ伏した。

「いや、アキさん、お姉ちゃんたちと一緒にするのは危険だよ。この人たちはかなり異例、周りなんてお構いなしの天然いちゃこらカップルなんだから！」

「まあ、確かにね。でも、世話を焼くほうと焼かれるほうって関係な上に、実際の年齢もあたしのほうが上となったら、男のプライドがずたずたーってなるのも当然だよ。あたしがもっと考えなきゃいけなかったんだよ。ちょっと癪に障るけど、『半歩下がって男を立てる』とかさ……」

「え、それは違うと思うけど」

馨はあからさまに、不満そうな顔になった。そして、カウンターから身を乗り出すように言葉を続ける。

「そもそもリョウちゃんは、アキさんの面倒見がよくて、なんでもずばずば言うところが気に入ったんじゃないの？　半歩下がってーとか、ぜんぜんアキさんらしくないよ」

「馨、アキさんは別に『なんでもずばずば』言ってるわけじゃないわ。ちゃんと考えて言ってる。言い方が、率直なだけ」

「ありがと、美音さん、わざわざ言い換えてくれて。不思議ね、『ずばずば』っていうとマイナスイメージだけど、『率直』だとプラスイメージに思える。でも、あいつにしてみたらやっぱり、率直というよりも『ずばずば』って感じなんだろうね」

「いや、きっとリョウちゃんだってプラスに取ってるって！」

馨は懸命に否定するが、アキは悲しそうに笑うだけだった。

「きっと美音さんは、いろいろなところで今みたいな気の遣い方をしてるんだろうね。だから弟気質の要さんともうまくいく。でもあたしはそれができてないからこうなっちゃうんだよ。たぶん、リョウだって、最初はいいほうに取ってくれてたんだろうけど、段々鼻についてきたんじゃないかな……」

どこでボタンを掛け違えたんだろう、とアキは長いため息をついた。

アキの目の前に置かれた肉詰めピーマンは、未だに手つかずだ。

馨はなんとか話題を変えたかったのか、改めて料理をすすめる。

「アキさん、ご飯食べたら？　お腹が空いてると悲観的になっちゃうよ。肉詰めピーマン、洋風はいい感じに焼き上がってるし、和風のほうは出汁（だし）にとろみもつけたから、ご飯にもぴったりだよ」

洋風と和風の二種類用意された肉詰めピーマン。洋風はケチャップとウスターソースを煮詰めたものをかけ、和風は焼き上げた肉詰めを出汁であんかけにする。

大人はいうまでもなく、ピーマン嫌いの子どもでも抵抗なく食べられるはずだ。

こんなふうにアキと喧嘩していなければ、リョウだってちょっと試して好きになってくれたかもしれない。そう思うと残念な気持ちが湧いてくるが、こればかりは致し方ない。

「あいつ曰（いわ）く、男のプライドってやつを滅多打ちにするんだって……そう言われればそうかもね」

一昨年就職したばかりのリョウと、社会に出てから何年にもなるアキ。経験の違いは明らかだし、おそらく口八丁手八丁のアキは仕事をさせてもきっと有能なのだろう。

本人はしょっちゅう「またやっちゃったー」と失敗談を語りながらカウンターに突っ伏していたが、その失敗はどれも適切なフォローをし、大事には至っていないらしい。

失敗は誰でもするのだからその後の処理がちゃんとできるならば問題はない。下手に隠そうとしたり見栄を張ったりしなければ、たいがいのことはなんとかなってしまうのだ。

美音から見ればアキは、そのあたりの見極めがとてもうまいように見える。なにより、長年の上司が勤続二十年で表彰される際、挨拶の中に感謝の言葉を忍ばせるほどの『縁の下の力持ち』ぶりなのだから、会社にとってはならない人材に違いない。

とはいえ、それはあくまでも仕事上のこと、恋愛については勝手が違う、ということなのかもしれない。アキは、カウンターに頬をつけたまま、誰にともなく呟く。

「余計なこと言わなければいいのに、つい口出しちゃうんだよね……。しかも、仕事のやり方にまで……」

「仕事のやり方って？」

馨に突っ込まれ、アキはようやく身を起こし、また長いため息をついた。

「あいつ、ちょっとヤバそうだって気付いても、これは自分の失敗だから自分でなんとかしなきゃ、って思っちゃうところがあるのよ。若いから……っていうより、たぶん性格かな。よく言えば、責任感が強いんだけどね」

「あー……なるほどね。でもそれってちょっと不安でもあるよね」

心配そうな馨の言葉に、アキは大きく頷いた。

「そうなの。クレームでもなんでも、慣れない子がひとりでじたばたしたせいで火種が大きくなっちゃうことが多いのよね」

「大炎上してからの火消しじゃ、周りが大変だね」

「そのとおり。でもって、あいつときたら、相手の立場に立つってことができないのよ。どうしてそんなことになったのか、っていう説明を繰り返すだけ。しかも自分のほうの事情ばっかり……。それじゃあ、相手にしてみれば、言い訳してるようにしか見えないでしょ？」

相手はさらに苛立ち、クレームは大きくなる一方だ、とアキは嘆く。

「あいつ、そんなクレームが起きるたびに、グチグチ言うのよ。最初は黙って聞いてたんだけど、あんまり同じことばっかりやってるから……」

「ついついずばりと言っちゃった？」

「そうなの……。どれだけあんたが正しくても、相手を怒らせてる時点でだめでしょう！　なんで相手が怒ってるか考えて、改善するのが基本でしょ。自分の手に負えないことをいつまでも抱え込んでるのは会社にとって迷惑なの。大火事になる前に誰かに助けてもらわなきゃ！　って……」

まるで会社の先輩さながらに、リョウを叱ってしまった。

そのとき、ふたりはアキの部屋にいたそうだ。だが、アキの言葉を聞くなり、リョウは黙って立ち上がり、そのまま帰ってしまった。

明らかに怒っていたし、言いすぎたのは自分だともわかっている。それでも、リョウの仕事の仕方はまずいし、いつか大きな失敗をしてクビにでもなったら大変だ。そんなことになる前に、なんとか直してほしくてついつい強い口調になってしまった、とアキはうなだれた。

そんなアキに、馨が困ったように美音を見た。おそらく、かける言葉を見つけられないのだろう。

やむなく美音は、急須にお茶の葉を入れながら、アキに話しかけた。

「誰かが言わなきゃならないことだったんじゃない？　きっとリョウちゃんもわかってくれるわよ」

「どうかな……。それって、本来なら会社の人が言うべきことでしょ？　それを、あたしに言われたら腹も立つよね……」

だからこそ、なんとか謝ろうと様子を窺っていたんだけど、のっけからあの調子でどうにもならなかった、とアキは嘆き続けた。

「知らなかったんだよね。あの子がピーマン嫌いだなんて。子どもっぽいなんて、誰も言ってないのに」

「わざとじゃないことを、わざとみたいにとられちゃったら困るわね……」

普段ならこんなふうにはならなかったでしょうに……という美音の言葉に、アキは小さく頷いた。

「あいつが年下なのは最初からわかってたこと。年上なら年上らしく、どーんと構えていられればいいのに、ちっともできないの。あいつはことあるごとに経験とか年の差を気にして卑屈になるし、あたしはあたしで、そんなあいつの態度に腹が立って、ついきつい言葉を使ったり、説教めいたことを言ったり……。それじゃあ、うまくいくわけない……」

アキの話を聞いた馨は、「なにそれー。おっとこらしくなーい！」と切り捨てたあと、慰めるように言う。

「でも、アキさんも、リョウちゃんには必要なアドバイスだと思って言ったんでしょ？　リョウちゃんが素直に聞けばいいだけのことじゃん」

「どうだろ……。私ね、友達に昔から言われてたんだ。あんたみたいなのはうんと年上の男が相手じゃなきゃダメだって。あたしがどんなことを言っても、はいはい、って笑ってくれるほど懐（ふところ）の深い男がいい、って……。やっぱりそのとおりだったのかも」

美音は、途方に暮れているアキが痛ましくてならなかった。

社会人としてはアキのほうがずっと先輩なのだから、素直に助言を聞けばいい。男のプライドにこだわるよりも、男の懐の深さを示すべきだ、と思ってしまう。とはいうものの、きっとリョウにはリョウの言い分があるのだろう。

アキもそれを認めているからこそ、こんなふうに落ち込んでいるに違いない。

「たぶん、意地張らせてるのはあたしなんだろうね。年下だからよけい頑張んなきゃいけないって、思い込んじゃってるみたい。だとしたら、このまま一緒にいても、辛くなるだけだよね……」

やっぱり、年齢相応のかわいい子がお似合いなんだよ、リョウには……なんて、アキはいつもの元気のよさと明るさを完全に失っている。

いたたまれない、というのは、こういうときのためにある言葉だと思ってしまうほどだ。

何の解決策も見つけられないまま、時だけがどんどん過ぎ、美音も途方に暮れそうになったとき、勢いよく引き戸が開いた。

「こんばんは！」

元気な挨拶とともに、入ってきたのは要だった。

「やった！　久々に営業中だ！」

要は相変わらず忙しくて、なかなか『ぼったくり』が開いている時間に帰宅できない。

けれど、たまに早く帰れるときは、改築したときに裏手に作った出入り口ではなく、こうやって店に顔を出してくれることがある。

そしてそんなとき彼は『ただいま』ではなく『こんばんは』と挨拶するのだ。

そこには、仕事中の美音と客たち双方への気遣いが込められている。以前、『こんばんは』という挨拶に首を傾げた美音に、要は『営業中の店に、亭主が我が物顔で帰ってくるなんて興ざめもいいところだろ？　常連さんたちはおれの立場なんて百も承知だろうけど、せめて客のフリぐらいしないと』と説明してくれた。

たまにはみんなの顔を見たいし、第一店に顔を出したほうが早く美音に会える。そのまま店で食事を済ませることもできる。美音が店を閉めてから二階でゆっくりするのもいいけれど、みんなでワイワイ呑むのも楽しい。そのためには、ちゃんと『客』でいないと、と要は言うのだ。

美音は、夫になった要が職場に来ることが気恥ずかしいと思う反面、要が『ぼったくり』の客として過ごす時間を楽しんでくれていたことが確認できて嬉しくなる。なにより、要の家が『ぼったくり』の上にあることは周知の事実だから、挨拶が『ただいま』だろうが『こんばんは』であろうが、気にすることはないと割り切ったのだ。

家で出すものを手抜きしているわけではないけれど、やはり店で出す料理とは器から違う。盛り付けだって、家で食べる分は『あしらい』が足りなかったり、残すのはもったいないからとひとり分を超えた量を盛り付けてしまったりする。

加えて、家でまでしなくてもいいと言われている揚げ物だって店でなら出せる。そんなこんなで、要が引き戸から入ってくるとつい満面の笑みになってしまうのだ。

馨は、そんな美音を見て忍び笑いで言う。

「お姉ちゃんって、本当に正直だよね。要さんを見ると笑顔満開……」

「え、そう？　他のお客さんと同じだと思うけど」

「ぜーんぜん違うよ！」

だが、そんなふうに美音が冷やかされていても、要は平然としている。

「勘弁してくれよ、馨さん。亭主が帰ってきたのに喜んでもくれないなんて、切なすぎるじゃないか」

「そりゃそうだけどさ……」

そして馨は、どれだけ冷やかされてもどこ吹く風の要に、ちょっとつまらなそうな顔をする。そんな馨に、周りの客がどっと笑う、というのが、いつものパターンだった。

ところが、今日の客はアキひとり。そのアキも、いつものように馨をからかいもせず、新婚夫婦を冷やかしもしない。それどころか、遠い目でカウンターの向こうの一点を見つめているのだ。

さすがにおかしいと思ったのか、要が訊ねた。

「なにかあったの？」

これはアキとリョウの問題だ。勝手に話していいものか、と美音と馨は顔を見合わせた。

ところが、ふたりの様子を見て、アキはさっさと事の次第を説明し始めた。おそらく、要に男性としての意見を聞きたいと思ったのだろう。

「なるほど……そういうことか」

要は『ぼったくり』に来始めた当時、自分に随分つっけんどんだった若者の姿を思い浮かべてくすりと笑った。

リョウは、美音や馨にあれこれ世話を焼かれて嬉しそうにしていた。そんなところを見る限り、彼は年上好みなのかもしれないと思っていた。

　あのころのリョウは、全身から『この店はあんたなんかが来るところじゃない』という思いを滲ませていたし、もしかしたら美音に気があって、他の男、特に若い男が邪魔に思えて仕方がないのでは、と疑ったこともあった。

　その後、美音からアキとリョウが付き合い始めたことを聞かされ、なるほど年上好みは年上好みでも、美音ではなくアキだったのかと安心した。正直に言えば、余計なライバルはシンゾウだけで十分、リョウには末永くアキと仲良くしてもらい、美音にはかまわずにいてほしかった。それなのに……

「どうしたんですか、要さん？」

　美音が怪訝そうに訊いてきた。おそらく、不可解な笑みを浮かべていたのだろう。要は慌てて言い繕った。

「いや……。実はおれ、リョウ君とアキさんは、喧嘩もレクリエーションのひとつとして、楽しんじゃうんじゃないかなと思ってたんだ」

「今まではそうだったんです。でも……ただの『呑み友だち』と彼氏は違うみたい。やっぱりあいつと付き合うには『婆(ばばぁ)』すぎるんですよ、あたし」

「婆って……。アキさん、そんなに卑屈にならなくても」

「卑屈にもなりますよ。あたし、リョウより六つも年上なんですよ。六歳違ったら、小学校ですら会えないんですよ」

「なんで小学校で会わなきゃならないわけ？」

「いや別に会わなくてもいいんですけど……」

アキはまた口の中で、それぐらい世代が隔(へだ)たってるってことです、と呟いた。

「でも、おれと美音もそれぐらい違うけど、気にしたことないなあ……」

「それは要さんが年上だからでしょ？　もし美音さんのほうが上だったらどうします？」

「うーん……ヒモになるかな」

「えっ⁉」

要の答えに女三人が唖然とした。

とりわけ美音は、ヒモってヒモってヒモって……とエンドレスで呟いている。

あまりにも予想外の答えだったのだろう。最初に気を取り直したアキが、質問をぶつけてきた。

「なんで……。要さんって、ヒモ願望があったんですか？」

「いやー、今住んでる家だってもともと美音のものだし、どうせなら一切合切面倒見てもらうって手もあるなあ、と……」

「で、仕事を辞めちゃう？」

「うーん……それもありかな。だってさ、美音のほうが年上なら社会にだって先に出てるし、この人のことだからちゃんと生計を立ててるはずじゃないか。だったらヒモになるってのもありだと思うけど？」

「要さん、ヒモはよくないよ。せめて専業主夫、家事は全部引き受けるぐらいじゃないと、いくら美音さんだって……」

「いやいや、アキさん。案外お姉ちゃん、それでもいいですーなんて大喜びで丸抱えしたりして」

馨の突っ込みに、アキがぎょっとしたように美音を見た。

「み、美音さん。それでOKなの？」

「要さんがそうしたいなら……」

まったく嫌そうな顔もせずに答える美音に、要は自分で言い出しておきながら、ちょっと頭を抱えてしまった。

馨とアキは、顔を見合わせて両手を逆ハの字に掲げる。心の声を文字にするなら、『こりゃだめだ』というところだろう。

「どうやら要さんには訊いても無駄みたい……」

アキの言葉に、馨も完全同意らしい。

「そうだね。ヒモ志望で、プライドの欠片もないような人にリョウちゃんの気持ちはわからないね」

「馨さん、ひどいなあ。そこまで言わなくていいだろう。ヒモって、けっこう大変なんだぞ」

言ったとたん、美音が目を吊り上げた。半オクターブぐらい高い声が飛んでくる。

「要さん、経験でもあるんですか⁉」

「ない、ない！　友だちの話だ！」

「ほんとですか？」

ならいいですけど、と笑ったあと、美音は少し考えて言った。

「確かにヒモって大変かも。普通の人にはできないでしょうね」

「そうだろ？　自分に自信があって、ついでに相手の気持ちにも確信がないと無理。ま、おれは美音のヒモならやる自信あるけどね」

要はそう言いながら美音になまめかしい視線を飛ばし、これまたいつもどおり真っ赤になった美音を笑った。

「なんだ……結局のろけじゃないの！」

馨が鼻白んだように言い、アキに視線を向ける。もちろんアキも呆れていた。

「いいですよねー美音さんは……」

「え、そう？　でもこの人、ヒモ志望なのに？」

「相手にこれだけ自信があったら、付き合う美音さんも気持ち的には楽そう。少なくともリョウみたいにはならないもん……」

確かに『ぼったくり』に通い始めたころならともかく、今のリョウが「アキさんのヒモになりたいっす」なんて頭を下げる姿など想像できなかった。

「まあ、リョウ君はまだ若いから意地も張るし、頑なにもなるよ。おれぐらいになると意地を張ろうにもそんな気力も残っちゃいないけどさ」

「要さんは特別でしょう？　きっと若いころから落ち着いてて余裕たっぷりだったはずです」

アキがきっぱり言い切ったのを聞いて、美音が小さな笑みを漏らした。

確かに今の要しか知らなければ、そう思うのも無理はない。だが、美音は要の口から、彼の『素行不良ぶり』を聞いている。同じ年齢だったころ、少なくとも学生時代の生活ぶりを比べたら、リョウのほうがずっと落ち着いている、と判断しているに違いない。

「美音さん、どうしたの？」

依然として無言の笑みを浮かべている美音に、アキが不思議そうに訊ねた。すると美音が少し困ったような顔になる。

本人を目の前に、過去を暴露するのはいかがなものか。いや、本人がいないならよけいに言えない。なぜならそれは陰口だから——美音はそう考えているに違いない。

困っている美音を見て、要は自(みずか)ら『過去の悪行』を暴露することにした。

「……とまあ、こんな具合。あのころのおれは『落ち着いてる』なんて言葉とは無縁だったよ」

「信じられない……。要さんが勉強もせずに遊び歩いた挙げ句、赤点連発。しかも、その成績がずっと残るんだぞ、って騙(だま)されて大学に行くことにしたなんて……」

「まったく、ひどいもんだよね。子が子なら、親も親だ」

「でも、あたし、お父さんの気持ちもわからないでもないです。あたしだって、息子がそんな様子だったら、それぐらいのことは言うかも……」

「そうかもしれないな。でもまあ、とにかくおれの若いころはそんな感じ」

そして要は、半ば呆れているアキの目を正面から覗き込むようにして言った。

「おれに比べれば、リョウ君はまっとうそのもの。真面目すぎるぐらいだよ。多少片意地張って突っ走っても、大事にはならないと思うな」

「でも、実際に仕事とか失敗してるし……」

今は小さな失敗で済んでいるが、いくらひとつひとつが小さくても度重なれば見放されかねない。リョウの今後が心配だ、とアキは眉根を寄せる。だが要は、そんなアキの不安を笑い飛ばした。

「それは心配いらないよ。むしろ、どんどん失敗したほうがいい」

「ちょ、要さんそれおかしいですって！」

そのうち、会社に大損害を与えるような失敗をしそうだ。そうなったら、最悪クビになってしまう。その前になんとかしないと……と、アキは言い募（つの）った。

「だから、大丈夫だって。リョウ君ぐらいの社歴の人間に、会社を傾けかねない仕事をさせるわけがないし、もしさせているのなら、その会社はリョウ君とは関係なく『ヤバい』会社だよ」

「え……？」

「若いやつの失敗なんて想定範囲内。それをフォローするのが、先輩や上司の仕事だよ。なにより、若いうちに小さな失敗をたくさんやってその処理を覚えれば、いつか自分が上司になったときにそのスキルが生きるだろ？」

そのスキルを使って、今度は自分が後輩のフォローをする。会社というのはその繰り返しなのだ。要にはそれがわかっている。それでも、アキは納得がいかない様子だった。

「でもあいつは、意地になってひとりで抱え込んで、問題を大きくしてるみたいなんです。それじゃあ、上司の人だって困っちゃうでしょ？」

「問題を抱え込んでいることに気付いて、早めにケアできない上司が悪い。仕事を振りっぱなしで、進行状況の確認すらしてないってことだからね。そういう上司にこそ、厄介な部下を持たせて成長してもらう必要がある」

「そういうものですかね……」

「少なくとも、おれの周りはみんなそういう考え方だよ。だからリョウ君の仕事は、彼自身の問題だし、彼の仕事のスキルを上げるのは会社の役目。アキさんが気に病む必要はないよ」

「でも気になっちゃうんです」

「それをぐっとこらえるのが大人の貫禄。まあ、なんにも言わないでしばらく放っておけばいいよ。そのうち泣きついてくるだろうから」

「でもそうじゃなかったら？　あたし、結構上から目線で説教しちゃったし、うるさくなって、もうこんな女、って思われちゃってるかも……」

ちょっと涙目になりながらアキはそんなことを言う。

なんて健気で一生懸命なんだろう。要は、なんとかアキを安心させてやりたくて、できる限り優しい声を出した。

「大丈夫だよ」

アキが、目を大きく見開いて訊(たず)ねる。

「どうしてそんなことが言えるんですか？　根拠は？」

根拠はあった。しかも、かなりはっきりとした根拠だった。

帰宅途中、商店街を通った要は、何気なくコンビニを覗き込んだ。そこには、つまらなそうな顔で雑誌を立ち読みしているリョウがいた。

コンビニに用はなかったし、リョウ本人にも用はない。目が合えば会釈ぐらいするけれど、彼の目は誌面に落ちたまま、時折目を上げても反対側ばかり見ていて、要に気付く様子はなかった。

『ぼったくり』は営業中の時間なのに、彼はなぜコンビニで立ち読みをしているのだろう。

不思議なこともあるものだな……と思いながら店に行ってみると、憂い顔のアキがいて、事の顛末を聞かされた。そして要は、リョウがなぜコンビニにいたのかを察したのだ。

『ぼったくり』から飛び出したものの、ひとりになって考えてみたら、自分が意地を張りすぎていたことに気付いた。

引き返して素直に詫びればきっとアキは許してくれるだろう。だが、美音や馨の前で謝るのは気恥ずかしいし、他の客がいたらもっといやだ。かといって、このまま帰るのもちょっと……

　そんな気持ちで、リョウはコンビニで時間を潰していたのだろう。おそらく目で文字は追っていても、ひとつも頭に入っていかない状態だったに違いない。

　若いんだなあ……なんて感想が湧いてくる。

　自分ぐらいの年になると、そんな意地を張っても疲れるだけだとわかる。特に美音のような女相手では、下手な意地を張れば、あっさり見抜かれて面目を失うのが落ちだ。

　なにせ美音は長年の客商売、しかも近隣の万悩み相談所のような『ぼったくり』の店主なのだ。

　中途半端な取り繕いなど彼女の前では無力に等しい。それならもう肩の力なんて全部抜いて自然体でいるほうがいい。それに、こちらがいいところも悪いところもさらけ出すことで、美音も自分の悩みや愚痴を告げやすくなるはずだ。

——ただでさえ美音は、面倒見のよさ満点のお姉ちゃん気質だ。そうでもしないと、他人の悩みまで抱え込んでどんどん気持ちを重くしてしまう……

　そんなことを悟れるのは、やはり年齢差、年上故の余裕かもしれない。もしも美音が自分と同年代、あるいは自分が年下であったらとてもこうはいかなかった。そこが、自分とリョウの違いだった。

　そして要は、相変わらず根拠を求めてくるアキに諭すように言った。

「まあ根拠は男の勘ってことで……とにかく仕事の話は適当に聞いて流す」

「聞き流していいんですか？」

「うん。真面目な顔で聞き流す。たぶん彼が欲しいのは相槌だけだし」

「真面目な顔で……それってけっこう難しそう」

「まあね。でも頑張って。で、もしもリョウ君が本気で意見を求めてきたときは、全力で対応してやればいい」

「それも難しいです」

　真剣に対応しようとすればするほど、お説教になってしまう。付き合い始める前と同じような『上から目線』が出てきそうで恐い、とアキは不安そうに言う。

そこで不意に口を開いたのは美音だった。美音は、いかにも気楽そうに言う。

「大丈夫よ」

「一緒に困っちゃえばいいのよ」

「でも美音さん、それじゃあちっとも解決しないよ。せっかく相談したのに、って思われないかな。それに、あいつが困りそうなことなら多少は……」

会社には毎年新入社員が入ってくる。彼らが問題に直面するたびに上司や先輩に相談する姿は散々見てきているし、事務所の留守番役になっているアキに愚痴をこぼすこともある。リョウが抱えそうな問題の大半は、対処法のアドバイスができるはずだ、とアキは言うのだ。

確かにそのとおりだろう、と要は思ったが、美音の答えは少々意外なものだった。

「それはそうよね。経験が違うもの。でもね、アキさん。なにも最初から正解を教える必要はないと思わない？」

勉強でわからないことがあったとしても、答えそのものを教えてもらっては意味がない。数学や物理のように解き方を理解してこそ、という場合がある、と美音は言う。

「たとえ対処法がわかっていたとしても、打てば響くみたいに教えなくていいのよ。一緒に困って、ふたりで散々考えた挙げ句、こんなふうにしたらどうかなーって感じに持っていったらどうかしら」

「……誘導するってこと？」

「そうそう、誘導。過程って大事でしょ？　人の意見に従うんじゃなくて、リョウちゃんが自分で答えに辿り着くように、少なくともそう感じられるように、うまく引っ張ってあげればいいと思うわ」

「確かに……って、美音さん、策士すぎ！」

「あら、そうかしら？」

普通よ、普通、と美音は笑っている。

要は、そんな美音に苦笑いしつつも、あながち間違っていないと思う。そして、眉根を寄せて考え込んでいるアキに、何気ない様子で言った。

「ま、具体的な方法、さじ加減については、また伝授してもらえばいいよ。それより、時間は大丈夫？」

そう言いつつ壁の時計を示すと、アキは弾かれたように立ち上がった。

「ごめんなさい、もうこんな時間！」

長居しちゃってごめんなさい、と詫びつつ、アキは勘定を済ませる。

美音は戸口のところで、気にしないで、また来てくださいね、と見送り、引き戸を閉めるなり、要を振り返った。もちろん、しかめっ面である。

「要さん、お客様を追い出すのはやめてください！」

たとえ閉店時刻を過ぎていても、追い出すようなことはしない。それが『ぼったくり』のモットーなのに……と文句を言う美音を押しとどめ、要はコンビニで見かけた立ち読み客の話をした。

「ずっと待たせるのもかわいそうだし、待ちくたびれて帰っちゃったら、ふたりにとってもっとかわいそうなことになりそうだろ？」

喧嘩なんて長引かないほうがいい、と言う要に、美音はほっとしたように頷いた。

さらに、あ……と声を上げる。

「そういえば、私も夕方、リョウちゃんを見かけました」

「夕方？　どこで？」

「そこの公園です。たぶん、外回りの途中だったんでしょうね。声をかけたら、まるで逃げ出すみたいに行っちゃって」

「そうか……やっぱり気になってたんだろうな」

アキの部屋から飛び出したものの、頭が冷えれば自分にも非があることはわかる。しかも偶然『ぼったくり』の近くに来てしまった。なんとか仲直りができないか、と考え込んでいたのかもしれない。

「大丈夫ですよね？」

「もちろん。きっと今頃コンビニの前で感動の再会をやってるよ」

そこで、いきなり野次馬根性を発揮したのは馨だ。

「うわ-!見に行きたい！　お姉ちゃん、あたしもう帰っていい？」

「やめなさいって」

美音は、それでも見に行きたそうにする馨をしばらく引き止め、十分な時間差で送り出した。

あの子にも困ったものだわ、と首を振っている美音の耳に聞こえてきたのは、グーッという音だった。

「ごめんなさい!!」

仕事から帰った夫に、料理はおろか酒の一杯もすすめていないと気が付いて美音はとたんにバタバタと慌て出した。

「店なんだから客が優先なのは仕方ないよ。今日のおすすめは肉詰めピーマンと茄子だったって言ったよね？」

話の中に出てきた料理をちゃんと覚えているあたりがいかにも要らしかった。

「じゃあ、おれにも茄子のとろとろ煮と、あと、なんか腹にたまりそうなものある？」

「鰯の磯辺揚げができますよ」

「あーそれはいいね。酒は？」

「『春鹿』が入ってます」

「完璧だ。よかったー店に顔を出して！」

「私も助かりました。リョウちゃんが待ってるのに気付いてくれたことまで含めて大感謝です」

「そう、ならよかった」

　要は、枡にたっぷり零して注がれた『春鹿　旨口四段仕込　純米酒』を一口含む。

　森のような香りとしっとりとした後口を持つこの酒は、奈良の酒蔵、今西清兵衛商店が地元で特別栽培した米を使って醸している。

　本来は気温が下がり始めた秋口にしみじみと燗酒で楽しむのに向いた酒であるが、常温に近い冷や酒でも乙な味わいで、要はそうした呑み方を好んでいた。

「あー旨い」

「でしょ？　茄子の煮込みや揚げ物にもぴったり」

そう言いながら美音は、普段でも手早いのにさらにそれを倍速にしたような動きで茄子の煮物を仕上げる。

八月間近だというのに暑さを残さない不思議な夏の夜。温かい煮物と冷や酒の相性は珠玉だった。

とろみをまとった茄子と豚肉の甘味を『春鹿』のかすかな酸味が洗い流す。甘味と酸味のコンビネーションを楽しんでいるところに、熱々の揚げ物が出てきた。

「はい。鰯の磯辺揚げです。味はついてますからそのままで」

「あれ？　鰯をそのまま揚げたんじゃないんだ」

「あ……ごめんなさい。正しくは磯辺巻きかも？」

鰯の骨をとって叩いたものに味をつけて海苔巻きにして揚げる。言うなれば揚げたツミレで、下味にしっかり醤油をきかせてあるので海苔との相性も抜群な一品だが、鰯を叩く手間が大変で今まではあまりメニューに載せなかった。ところが、クッキングカッターを手に入れたおかげで下拵えが断然楽になり、本日のおすすめにも頻繁に登場するようになったのである。

「なるほどね。とろろステーキのほかにも使い道があってよかったな」

「おかげさまで重宝してます」

——思えばあれが始まりだった……

美音は、クッキングカッターの利用をすすめられたときのことを懐かしく思い出す。

姉妹揃ってとろろにかぶれる体質だったため、父が店主だったころには人気メニューだったとろろステーキが出せなくなった。ところが、ひょんなことから常連に請われて再現してみたら大好評。とろろ料理が苦手だったはずの要まで大いに気に入り、定番メニューに加えてほしいと言い出した。

料理を喜んでもらえるのは嬉しい。けれど、やっぱりあの手の痒みは辛い……と悩み出してしまった美音に、要はクッキングカッターの使用をすすめてくれたのだった。

美音は、クッキングカッターを使うたびに、要の真剣な表情を思い出す。さらに、とろろ、とろろ……と繰り返しながら考え込んでいた姿が目に浮かび、ありがたいと思いつつも噴き出しそうになってしまうのだ。

「どうかした？」

不自然に笑いを堪えている美音に気付いたのか、要が怪訝そうに訊ねた。美音は慌てて、頬を引き締めて答える。

「なんでもありません。ちょっとした思い出し笑いです」

「何を思い出した……いや、訊かないでおこう。どうせおれの失敗かなんかに決まってる」

「そんなことありませんよ」

「そう？　でもまあ、思い出して噴き出しそうになる思い出があるって幸せなことだな」

「ほんとに。みんなにも、そんな思い出がたくさん増えるといいですね……。リョウちゃんとアキさんにも……」

「大丈夫だよ」

心配そうに引き戸のほうに目をやった美音に、要はきっぱり言い切った。

「あのふたりは、意地を張ってボタンを掛け違えただけ。あ、ヤバい、って気付いて掛け直すだけで、簡単に仲直りできる。しかも、たとえ本人たちが間違いに気付かなくても、ここには……」

「『おい、違ってるぞ！　みっともねえからさっさと直せ！』なんて、発破をかけてくれる人がいくらでもいますものね」

「ついでに、『洋服のボタンは下からお留め！　そのほうがうーんとずれにくいんだよ』とかね」

「やだ……それってウメさんの真似ですか？」

「似てない？　でもまあ、とにかくそういうこと。あのふたりは大丈夫」

そんな要の意見は、美音にも十分頷けるものだった。

喧嘩をするたびに不安になって、もう仲直りできないかも……と怯える。それはどんな恋人たちでも同じだ。どうしても仲直りができなくて別れてしまうこともあるだろう。

それでも、目の前で別れを見るのは辛いし、なるべくならそうならずに済むように手を貸したい。今の自分はこんなにも幸せだし、それは周りの人たちの支えがあってこそだ。

自分も誰かの幸せに役立ちたい。

商店街の真ん中だというのに、どこかで気の早い秋の虫が鳴き始めている。微かに聞こえてくる虫の音に耳を傾けながら、美音はそんなことを思っていた。

肉詰めピーマンを作るときは…

丁寧に種を取り、タネもしっかり練り込んで作った肉詰めピーマン。いざ焼いてみたら、途中で分解してがっかり……という経験はありませんか？

この『肉詰めピーマンバラバラ事件』を防ぐのは実は簡単。『ぼったくり』でお馴染みの『魔法の白い粉』（片栗粉）をピーマンの内側にぱらぱら振ってください。内側全体にしっかり馴染ませたあとタネを詰めれば、片栗粉が接着剤になってバラバラ事件は起こりません。片栗粉のおかげで、挽肉の旨みが閉じ込められ舌触りも滑らか、一石三鳥です。

また、ピーマンを縦ではなく横に二～三等分して使うと、バラバラ事件が起こりにくくなる上に、一口サイズになってお子様にも食べやすくなるのでおすすめです。

春鹿　旨口四段仕込　純米酒

株式会社今西清兵衛商店

〒630-8381
奈良県奈良市福智院町 24-1
TEL：0742-23-2255
（営業時間 10 時～ 17 時　利き酒は 16 時 30 分まで）
FAX：0742-27-3585
URL：http://www.harushika.com/

鶏胸肉の梅酢バター焼き

いつの日か……

要が兄の怜に呼び出されたのは、七月が終わろうとしていたある朝のことだった。

「要、おまえ、改築現場をひとつ面倒見る時間あるか？」

椅子にふんぞり返り、丸めて輪ゴムで留めた図面でぽんぽん机を叩きながら、怜はそんなことを訊ねる。

佐島建設の社長を務める怜が、こんなふうに直接予定を訊ねることなど滅多にない。あるとしたら要でなければ手に負えない難現場を引き受けざるを得なかったとき、あるいは祖父や母の気まぐれに付き合わされてやむなく、といった場合だろう。

だが祖父も母も、要が美音と結婚してからかなり上機嫌で、無理難題を言い出しそうな気配はない。
社長が直々に呼び出さねばならないほど難しい現場が舞い込んだのだろうか。だとしても、スケジュールはびっしり、この上他の現場を入れるなんて無理だ。新婚早々過労死なんて勘弁してくれ、と半ば腹を立てつつ、要はスマホを取り出し、スケジュール管理画面を怜に突きつけた。
「見てのとおり、スケジュールは一杯だよ。おれが朝から晩まで走り回ってることぐらい知ってるだろ？」
「そんなに恐い顔をするな」

怜が苦笑まじりに言った。

自分が不満そうな顔をしているのはわかっている。

年齢的にも中堅、しかも創業者の一族でありながら、いまだに現場管理に携わっているのは自分の希望によるものだ。それでも、ここまで忙しいのはひどすぎる。

一刻も早く美音のところに戻りたいのに、連日残業ばかりでそれもままならない。

閉店時刻を過ぎても客がいる限り追い立てたりしない——それが『ぼったくり』のモットーだ。

だが、客のほうもある程度心得ていて適当に引き上げていくので、日付が変わるころには店を閉めることができる。その閉店に間に合うか間に合わないか、という帰宅時刻はいかがなものか。しかも、月に一度や二度ではなく、週に何度もその状況なのである。

それもこれも、次々と難現場を担当させられるせいだ。仕事ぶりを評価されるのは嬉しいけれど、そろそろ勘弁してくれ、という気持ちが、表情に滲(にじ)み出ても無理はないだろう。

「恐い顔にさせてるのは誰だよ。で？」

スケジュールが一杯だったとしても、頓着なんてしないくせに……とぶつぶつ言う要に、怜はあっさり頷き、弄(もてあそ)んでいた図面を渡してくる。

「おまえが担当している現場をひとつふたつ他のやつに回して、この現場を見てくれないか」

図面には既に承認印が押され、施主の欄には日本屈指と言われる大企業の名前が入っている。ただ、この図面のサイズはＡ２。本来なら現場管理者や職人が持ち運びやすいようにＡ３サイズに縮小された製本図面を渡すのだが、それすらされていない状態だった。

「久々に見たよ、こういう図面」

「製本図面はすぐに届くはずだが、とりあえず段取りを始めてくれってことらしい」

「そんなに急ぎなのか？　そもそもあの会社の本社ビルなんて、まだ新品みたいなものじゃないか」

その会社の本社ビルはもともと別の場所に建っていた。だが会社の成長とともに手狭になり、交通の便も若干悪かったため、先代の社長が代替わりをする前に場所を移して新築したのだ。要の記憶にあるぐらいだから、まだ十年ぐらいしか経っていないだろう。

ざっと見ただけでも図面は二十ページ近くありそうだ。使っているうちに不具合が出てきて手を入れたいと思ったにしても、ここまでの改築が必要とは思えなかった。

「まさか、建てたときに致命的なミスでも……」

そのミスが構造に関わるようなものなら、全面的に手を入れなければならない。だが、佐島建設に限ってそんな大きな失敗をするとは思えない。いや、思いたくなかった。

要の不安そうな顔を見て、怜は苦笑まじりに言った。

「いや、違う。ミスなんてなかった。今回は、完全に施主の都合だ。地下を全面的に改築したいらしい」

「地下？　倉庫でも作りたいのか？」

「いや、社員食堂を潰すそうだ」

「は？　なんでまた……」

社員食堂というのは維持管理が大変だ。もちろん、お金もかかる。それだけに、ある程度大きな会社でないと社員食堂を備えることはできないし、経営状態が悪化したときに廃止されやすい設備でもある。

けれど、この会社が社員食堂を維持できなくなるほど経営が悪化しているなんて聞いたこともない。むしろ、ここ数年は成長が著しい会社として世界中から注目を浴びている。

代替わりした社長は、国内向けに開発した洗濯機を海外で売り出したり、海外の便利なインスタント食品を参考に、国内向けの商品を開発したり、と画期的なアイデアで売上を伸ばしている。

もともと大きな会社だった上に、新製品開発でさらに売上増加となったら、多少のことではびくともしないだろう。

それなのに、なぜ社員食堂を潰すのか。潰したあとをどうするつもりなのだ、という要の疑問は当然だった。

怜もまた、「よくわからんが、もったいない話だよな……」と首を傾げながら、その仕事を受注した経緯を話してくれた。

「受注方法から、ちょっと変わってたんだよ」

「変わってた?」

「こういう改築は、もともと建てたところが請け負うことが多いだろ?」

「まあそうだろうな」

「どうやら改築するらしいって聞いたとき、おれとしては当然うちに来る話だと思ってた。なんせ、あそこの本社ビルを建てたのは佐島建設なんだからな。ところが、蓋を開けてみたらコンペをやるって言うんだ」

「今さらコンペかよ! まさか、打ち合わせでもめ事でも起こしたのか? 改築なんてどうでもいい、とかで半端なやつを担当につけたとか？」

「そんなわけないだろ」

佐島建設にそんないい加減な人間はいない、と怜は言い切った。

「どうでもいい仕事なんてものもない。そもそも、改築とはいっても地下全体にわたる大規模なものだ。欲しいに決まってる」

うちが建てたんだから、勝手だってうちが一番わかっている。それなのに、その会社はあえてコンペ方式を採用したんだ、と怜は苦虫を噛み潰したような顔で言う。

「とにかく早く終わらせたい。なんとか今年度内にやっつけて、新年度から使えるようにしてくれるところに任せる、って言われた」

改築についての要望ははっきりしているから、その条件を踏まえて図面を起こしてほしい。業者を選定してから図面を起こしてもたもたしている時間がもったいない。要望どおりの図面を描け、承認後直ちに着手、期限内に仕事を終わらせることができる会社と契約したい。

それが施主の意向だった。

「なんて荒っぽい……。そんな話は、聞いたことがないぞ」

「だろう？　でもまあ、どうしたって他よりうちのほうが有利だ。しかも、設計課にちらっと話してみたらうちの連中が面白がって、図面を起こしてきやがった。しかも三人も……」

「なんとなく想像がつくな……」

その三人の顔が瞬時に頭に浮かび、要はくすりと笑った。

「あの同期三人組だろう？　いっつも競り合ってばっかりいる」

「そのとおり。絶対この仕事取ってやる！　って三人ともすごい意気込み。どうやら徹夜だったらしい。ただでさえ忙しいのにそこまでするか？」

「あいつら、若いのにけっこう愛社精神があるからな。うちが建てたビルの改築をよそに持ってかれるなんて、我慢できなかったんだろう。しかも、よーいドンで描いた図面から一枚が選ばれるかも、となったらしゃかりきにもなるさ」

普段からライバル心が旺盛なのだから、優劣をはっきりさせる機会を逃すはずがない。もしも要がその三人のうちの一人だったとしても、徹夜で頑張っただろう。

「それが元で仲違いをするなら問題だが、仕事を離れれば仲のいい三人だ。切磋琢磨できるいい機会だったし、図面がここにあるってことは、ちゃんとうちが受注できたんだろ？」

「まあな。三人ともかなりいい出来だったらしい。設計課長が、本気を出せばここまでやれるのか、って半分ぐらい呆れてた」

怜はそう言いながらも嬉しそうにしている。

能ある鷹が爪を隠していたのか、それとももともとなかった爪がこの仕事で生えたのかは知らないが、いずれにしても三人組がいい仕事をしたのはめでたいことだ、と笑ったあと怜は続けた。

「そんなこんなで、うちはその仕事をもらった。三枚ともいい出来だったから選ぶのが大変かなと思ったけど、即決だった」

「判断が早い施主は助かるな」

「確かに。で、選ばれたのがこの図面。ついては現場管理も間違いのない人間をよこしてほしい、という要望に従っておまえを呼んだ」

「そりゃどうも。で、段取りは？」

「資材と職人を手配して、九月半ばごろの着工。引き渡しは年度末」

「九月か……。じゃあそこまで殺人的なスケジュールでもないな」

「着工から引き渡しまで半年あるからな。ただし、あの施主は相当うるさい。今のビルを建てたときも、親父はそうでもなかったが、息子のほうがまあ突っ込む突っ込む！　あんた本当はそっちの専門なんじゃないのか？　ってぐらい知識が豊富で、ごまかしが一切きかなかったんだ。だから今回も、細かいことで時間を取られる可能性がある」

「面倒くさいな……」

「ま、おまえなら大丈夫。頼りにしてるよ」

「それ、褒めてんの？」

「もちろん」

――ほんとかよ……

要は兄の様子を観察しながら心の中で呟く。

この兄はお人好しなところもあるけれど、仕事についてはかなりうまく立ち回る。

要をおだてて使うことなど朝飯前なのだ。

とはいえ、兄に認められているのは確からしいし、「頼りにしてる」と言われれば嬉しくないわけがなかった。

そして要は、自分のスマホとにらめっこし、その改築工事をなんとかスケジュールに組み込んだ。

「ごめん。そんなわけで、またしばらく忙しくなりそうだ」

帰宅した要は、なにはともあれと美音に報告した。殺人的ではないにしても、どこでトラブルに見舞われるかもしれない。引き渡しが間近になれば、休日出勤もあり得る、と考えてのことだった。

結婚後、『ぼったくり』は月に何度か日曜日以外にも休みを設けた。平日の休みに家事やら所用を済ませるようにして、休みが重なる日曜日は夫婦でゆっくり過ごすためだったが、要が休日出勤となれば、そんな時間もなくなってしまう。家事だっておそらく美音の負担が増えるし、一緒に過ごせないことを残念に思うに違いない。

ところが、そんな要の思いをよそに、美音は意外な質問をしてきた。

「どうしてその会社は社員食堂を潰すんですか？　もしかして、すごく不味いとか職員の態度が悪くて使う人が全然いないとか？」

利用者が多い食堂なら潰すなんて話にはならない。あまり使われていないからこそ、それぐらいなら潰して他のことに使おうということになったに違いない。だとしたら、その原因はどこにあるのか。それは美音が、飲食店を営んでいるからこその質問だった。

「いや、打ち合わせに行った営業担当の話では、ごく普通の食堂だったみたいだ。実際に食ってもみたそうだが不味くはない、というよりも旨い部類に入るって言ってた」

「じゃあどうして……？」

「食堂よりも必要な設備が出てきたらしい」

怜は、よくわからんが、もったいない話だ、としか言わなかった。だが、それは怜が詳しい話を聞いていない上に、図面もしっかり見ていなかったからだろう。承認印が押された図面を見る限り、依頼してきた会社の意図は明白だった。

「食堂よりも必要な設備ってなんですか？」

「保育所」

「え、会社の中に保育所を作っちゃうんですか⁉」

「あれだけ大きな会社なら、保育所があれば助かる人も多いだろう。産休を取ったけど保育所が見つからなくて復帰できない人とか、そもそも保育所に入る目処（めど）が立ちそうもないから子どもを作らない、なんて従業員だっていそうだ。もしも社内に保育所があったら、そんな悩みとはおさらばだし」

さすがは大企業、考えることがぶっ飛んでる、と笑いつつも、要はちょっと羨（うらや）

ましくなる。

現在要は、子どもについてはもう少し様子を見てから、と考えている。なんといっても美音は『ぼったくり』の経営者で最近新装開店したばかり、要も忙しくて日付が変わるまで帰宅できないという現状を考えれば、とてもじゃないが子どもを持つことはできないという判断から来るものだ。

改築のための長い休業を終えたばかりで、また出産のために店を休むことは憚(はばか)られるし、産んだとしても店を開けている間に子どもを見てくれる人がいない。日中ならともかく、夜間預かってくれる保育所はなかなか見つからないだろう。かといって、要の母である八重(やえ)の手を借りるというのも、美音の性格を考えたらあり得ない。嫁姑(よめしゅうとめ)の不仲云々ではない。美音はきっと、八重の悠々自適な生活を自分たちの子どもの面倒を見るために壊すなんてもっての外、と考えるだろう。

だが、今回要が引き受けた現場は、そんな要たちの悩みを払拭(ふっしょく)するようなものだった。

設置場所は社内、病児保育も可能、しかも二十四時間稼働できるような設備とセキュリティ体制が組み入れられている。

美音はもちろん、要も子どもは嫌いではない。できるなら授かりたいと思っている。それだけに、こんな保育所が近くにあれば……と思ってしまう。いっそ、この保育所を利用するために、この会社に転職してもいい、と思うほどだ。もちろん、兄も祖父も烈火のごとく怒るだろうし、美音は必死で止めるに違いないけれど……

ともあれ、この会社の意図は、従業員が子育てと仕事を両立できるような保育所を作ることにある。だからこそ、悔しい、羨ましいと思いつつも、要は全力を尽くしたいと思ったのである。

そんな要の説明を聞いた美音は、にっこり笑って頷いた。

「わかりました。九月から来年の三月までですね」

「ああ、本当にごめん」

「どうして謝るんですか？　その保育所ができることで助かる人が、たくさんいますよね？　皆さんが喜んでくださる仕事ができるなんて、すごく幸せじゃないですか。それに、お休みがまったくなくなるわけじゃないでしょう?」

「そりゃそうだよ。休みなしじゃ、おれの身がもたない」

「じゃあ大丈夫です。海外とか、家に帰れないほど遠い現場に行ったっきりってわけじゃないし」

少なくとも家に帰ってくれれば、顔も見られるし言葉も交わせる。食事だって一緒に取れる、と美音は微笑んだ。

「そう言ってくれると助かるよ」

要はそう言い、休日出勤なんて羽目に陥らないよう頑張ることを約束した。

——そう言うしかないじゃない……

美音は、冷蔵庫から小さなガラス瓶を取り出しながら、心の中で呟く。

仕事だとわかっている。しかも完成を心待ちにする人がたくさんいるに違いない。それなのに、お休みの日に一緒にいられないなんていや! とだだをこねられる性格ではない。

我が儘勝手を絵に描いたようだった馨ですら、最近はめっきり大人になり、自分本位な発言はしなくなった。ましてや、子どものころから物わかりのいいお姉さん役が板に付いている美音には、無理な話だ。

ガラス瓶に入っているのは、梅干しを作る過程で、土用干ししたあとに残った梅酢だ。

美音は毎年梅干しを作るが、土用の時期に梅干しを漬けていた甕から出したあと、天日干しする。そのとき甕に残った梅酢をガラス瓶に移し、生姜やミョウガを漬けたり、料理の下味をつけたりするのに使っている。

今風の甘みが勝った梅干しと異なり、美音が作るのはかなりしょっぱい梅干しだ。したがって梅酢も塩分が濃く、小指につけて舐めると思わず顔をしかめたくなる。

今の美音の気持ちは、まさにこの梅酢を舐めたときそのまま、『しょっぱい』の一語に尽きた。

「で、今日のおすすめは？」

店にいるときと同じ調子で要が訊く。きっと、習い性になっているのだろう。

おすすめも何も、家なんだから選択の余地はありません、と意地悪を言いたくなるのに、それすらできなくて、美音はまたひとつため息をつく。

「今日は……鶏肉のバター焼きです」

「うわー旨そう……」

言葉そのものは褒めているが、要の口調は明らかに下がり調子になっていた。

その理由は、なんとなくわかっている。

今日も昨日も一昨日も、酷暑という言葉に相応しい気温だった。

朝から外に出るのもうんざりするような暑さで、しかも要は一日中エアコンが効いたオフィスにいられるような仕事ではない。

いっそのことずっと外にいられればいいけれど、取引先との打ち合わせや会議があれば空調の効いた部屋に入ることもある。涼しいところと暑いところを行ったり来たりの生活は、どちらかにだけいるよりも身体に応える。おそらく、胃も疲れているはずだ。

その状態で『バター焼き』という言葉を聞けば、唸りたくなるのも無理はない。にもかかわらず、「旨そう」と言ってくれるのは、要なりの気遣いだ。美音が正直な気持ちを言えず、「仕事だから仕方ありませんね」と微笑むのと同じ類（たぐ）いの心配りに違いない。

いつもなら要の優しさを嬉しく思うし、ありがたいと感謝もする。それなのに、今日に限ってそんな気にはなれない。やはり、休日出勤が増えるかもしれないと聞かされたことでがっかりし、しかもその気持ちを素直に伝えられなかったせいで、心がねじくれてしまったのだろう。

――私が、要さんが食べたくないと思うようなものを出すわけがない。一緒に生活していれば、疲れ具合ぐらいちゃんとわかるのに！

そんな言葉を投げつけたくなった。それでもやっぱり口には出せず、苛立ちだけが募（つの）る。

こんなに暑いんだからイライラするのも当然よね……と、全てを気温のせいにしようとしたが、拙（つたな）い言い訳だということは自分が一番わかっていた。

もはやため息すらつけなくなった自分を持て余しながら、美音は鶏肉を力任せに切り分ける。

一口大にした鶏肉をボールに入れ、梅酢を揉み込んでいると、後ろから要の声がした。

「梅干しをもらうよ」

「どうぞ」

梅干しを入れた甕は流しの下、つまり美音が立っている足下にしまってある。いつもならさっと取り出して渡すのだが、美音の手は今梅酢まみれの状態だ。やむなく脇にずれて場所を空けると、要は流しの下にしゃがみ込み、自分で梅干しを取り出した。

彼はふたつのグラスに梅干しを一個ずつ入れ、ついでに甕の横に置いてあった一升瓶から日本酒をドボドボと注ぐ。黒っぽいものも見えるから、塩昆布も入れたのだろう。

そのまま呑むのだろうか、と思っていると、要はふたつのグラスをレンジに入れ、時間をセットしてスタートキーを押した。

「本当は君みたいに丁寧にお燗をしたほうがいいんだろうけど、こっちのほうが簡単だからね」

要はそんな言い訳をしながら、レンジの中で温まっていくグラスを見守っている。程なくピーピーピーという出来上がりを知らせる音が鳴り、要はグラスを取り出した。

そっと触って温度を確かめ、小さく頷いたあと、彼はグラスのひとつを美音に差し出す。

「ほら、呑んでごらん」

「でもまだお料理が……それに手も……」

梅酢にまみれた手をかざすと、要はなるほど、と頷き、渡そうとしたグラスをそっと美音の口元に当てた。

「美味しい……」

台所に立ったまま、しかもコップが上手に持てない幼子のように呑まされた酒は、ほんのり温かく、微かに梅干しの酸味が漂っている。塩昆布と梅干しの両方に塩気があるから、もっとしょっぱいかもしれないと思っていたが、意外と気にならない。おそらく汗をたくさんかいていたせいで、身体が塩気を喜んでいるのだろう。

微かな酸味としっかりした塩気、そして温かい酒に疲れを溶かされ、美音は微笑む。するとまた、要の声がした。

「やっと笑ってくれた……」

驚いて見ると、要は自分のグラスから一口酒を啜ったあと、ほっとしたように言った。

「君ね、口から出てくる台詞と表情が全然一致してなかったんだよ」

平気です、仕事ですもの仕方ないです、なんて言いながら顔は全然大丈夫そうに見えない。料理をすることが大好きなはずなのに、ちっとも楽しそうじゃない。当たり散らすように包丁を使うなんて、全然君らしくない、と要は苦笑した。

「君は疲れてる。そしてそれは、おれのせいでもある。おれが忙しいからって、家のことは君が先回りしてやってくれてるもんな……」

　土曜日は要が休みで、美音は仕事がある日だ。美音が仕込みのために『ぼったくり』に出かけたあと、さて家事を……と思っても、洗濯も掃除も終わっている。どうかすると、要の昼食まで作り置きしてあったりする。結婚前は、美音が仕込みをしている間、あるいは夜、少し先に帰った馨が家事をこなしてくれていたのだから、今のほうがずっと大変なはずだ、と要は申し訳なさそうに言う。

「結婚したことで、君は前より大変になった。その上、今後は休日出勤が増えそうだ、なんて聞かされたら、うんざりするのも当然だよ。うちのクソ爺がときどき呑んでた日本酒って疲労回復にすごくいいんだって。梅干しと塩昆布を入れた酒だ。要の祖母、自分では作ってなかったけど」

とはいっても、自分では作ってなかったけど」

　夏の盛りになると、祖母が梅干しと塩昆布を入れた酒をレンジで温めていた。美音が梅酢を使っているのを見て、『梅干し酒』を思い出した要は、見よう見まねで作ってみたという。

「疲れが取れて、君が笑ってくれるなら一石二鳥。おれも初めて呑んだけど、けっこういけるな。焼酎の梅割りはウメさんの十八番だけど、今度燗酒で試してみるように言ってみたら？　ウメさんだけじゃなくて、夏バテしてそうな人にはおすすめだよ」

そんな話をする要は、いつもの笑みを浮かべている。

温かく包み込んでくれるような、美音を元気にしてくれる笑顔。この笑顔を向けられたときは、いつだって自分も同じように微笑み返していた。今日だって、同じようにしているつもりだったのに……

美音は今の今まで、自分が笑っていないことに気付いていなかった。要と過ごす時間が減ることが辛くて拗ねている、いや、拗ねたくなっているという自覚はあったが、それ以前から笑っていないなんて、しかも、それが疲れのせいだなんて思いもしなかったのだ。

確かに、先回りして家事をこなしていた。それは、毎日深夜まで働いている要が、しっかり休めるようにという気遣いからだ。けれど、その気遣いのせいで、美音自身がいつの間にか疲れをため込んでいた。

要はそれに気付いて、この梅干し酒を作ってくれたのだ。

「おれは別に君が不機嫌だって構わない。たとえ当たり散らされたとしても、原因はおれにありそうだしね。むしろ、素直に感情を表してくれてありがとう、って言いたいほどだよ。でも、今日の君はいつもと様子が違った。おれが休日出勤の話をする前から全然笑ってなかった。だからきっと、すごく疲れてるんじゃないかな、と思って」

「……ごめんなさい。全然気が付いてませんでした」

「だろうね。でもまあ、笑えないときは笑わなくていいよ。ただ、できれば『日曜日ぐらいちゃんと私にかまって』とか、『私が要さんが食べたくないもの出すはずないでしょ！』とか、ぶちまけてくれたほうがわかりやすくていいけど」

さっき浮かんだ台詞（せりふ）を見事に言い当てられ、美音は身が縮む思いだった。

ちゃんと呑み込んだはずの思い、疲れ、苛立ち……すべて要に見抜かれていた。

しかも、美音の疲れを取るために梅干し酒まで作ってくれたなんて……

小さくなっている美音に、要はまた柔らかい笑顔で言う。

「無理しなくていいよ。働いてるのはおれだけじゃない。おれの分まで家事をこなして疲れをため込むなんて言語道断。言いたい台詞を呑み込んでイライラするのも御法度。もう夫婦なんだから、お互いに言いたいことは言えばいい」

おれはいつもそうしてるよ、と言う要に、美音は微かに眉根を寄せた。

「でも、売り言葉に買い言葉で喧嘩になっちゃうことってあるじゃないですか。お互いに疲れてるならよけいに……。私、要さんと喧嘩するのはいやなんです」

「なんで？」

「なんで……って……。誰だって喧嘩はいやでしょ？　仲直りできなかったら困るし」

美音が答えたとたん、要が笑った。しかも、それまでの微笑みとは打って変わって盛大に、声を上げて……

しばらくその状態が続き、ようやく笑い終えた要は、まるで子どもに言い聞かせるような口調で言った。

「馬鹿だな。仲直りできないなんてことあるわけないだろう」

「馬鹿って……」

子ども扱い、さらに『馬鹿』とまで言われてはさすがに黙っていられない。とうとう美音は、声を大にして言い返した。

「わからないじゃないですか！　最初は小さな喧嘩だったのに、うまく仲直りできなくて別れちゃうことだってあるでしょう⁉」

「ないよ」

「ありますって！　そんな夫婦はいくらでもいるし、カップルならもっと多いはずです！」

「他のやつらなんて知ったこっちゃない。でも、君とおれの場合は絶対にない」

若いころ、自分の環境が気に入らなくて家を飛び出した。それでも、結果として家に戻ることができた。おかげで兄貴にこき使われて、ときどき休みまで潰されているけれど、それなりに満足している。あのくそ兄貴やくそ爺とですら仲直りができたのに、おれと君が仲直りできないわけがない。喧嘩別れなんてあり得ない——それが、要の言い分だった。

だが美音は、松雄(まつお)や怜と自分は違うと思う。彼らは血が繋がった家族なのだ。離婚届一枚で簡単に解消できる夫婦とは同列に語れない。

「それに、私って怒るとひどいですよ？　覚えてないんですか？」

わざと苦いゴーヤを出したり、お母様に告げ口したり……と、美音は口の中でもごもご言う。さすがに、きっぱりはっきり言い切るには悪行すぎるとわかっていた。

それでも要は動じない。そんなこともあったなー、なんて懐かしそうにしているのを見て、美音は半ば呆れてしまった。

「……なんか、気楽ですね、要さん」

「そりゃそうだろ。だって、ゴーヤもおふくろへの告げ口も、もとはと言えばおれのせい。君を怒らせるようなことをしたのが悪いんだ」

「でも……」

「でも……じゃないよ。これは自信を持って言い切れるけど、君とおれが喧嘩になったとしたら、十中八九悪いのはおれだ」

「そんな宣言しないでください！　それに、万が一そうだったとしたら余計に心配じゃないですか。私が怒りまくって、絶対に許さない！　って言ったらどうするんですか？」

「それはもう必死で謝るよ。土下座でもなんでもして」

「それでも許さなかったら？」

「そのときは奥の手。夫婦ならではのやつ」

なんですかそれ……と訊く寸前で、美音は言葉を切った。要のやけになまめかしい眼差し、そして『夫婦ならでは』という言葉で、両親のことを思い出したからだ。

――お父さんとお母さんは、たとえ寝る前に喧嘩をしていても朝には仲直りしている。

それはたいていの子どもが経験し、不思議に思うことではないか。かくいう美音も何度かその疑問を抱いた。

その答えを得たのは、思春期のころだった。

美音の両親は夫婦仲も良好、滅多に喧嘩をすることはなかったけれど、年に何度かは気まずい沈黙が家を満たすことがあった。普段が普段だけに、目も合わせない両親の様子から、喧嘩をしたことはすぐにわかった。

ところが、沈黙の気まずさに押し潰され、逃げるように床についたというのに、翌朝になってみると、台所には鼻歌まじりに味噌汁など作っている母と、いつもなら家で料理なんてしないのに華麗な手さばきで卵焼きを焼いている父がいた。

普段どおり、いやそれ以上に仲睦まじい姿を見て、気まずさが消えたことを喜ぶ反面、両親とて男と女であることを意識させられ、そっと目をそらしたこともあった。

要の言う『夫婦ならでは』というのは、まさしく両親が実践していた方法だろう。

要にあの究極の仲直り方法を持ち込まれたら、美音に太刀打ちできるはずがない。許す許さないどころか、原因そのものを忘れ去りかねない、抵抗不可能なやり方だった。

「言いたいことは言い合って、喧嘩もいっぱいしよう。そうすれば、そのたびに仲直りができて楽しいじゃないか」

「仲直りがしたくて喧嘩をする人なんていません！」

「そうかもしれないけど、まあそれぐらい気楽に考えよう、ってことさ」

ＯＫ？　と目で訊かれ、美音はこっくりと頷く。

仲良くしよう、ではなく、仲直りができて楽しいから喧嘩もしよう、と言う要は、もしかしたらかなり変わった人なのかもしれない。

でも要のような考え方は、ずっといい子で育ってきて自分の気持ちを押し殺すことに慣れている美音を解放してくれる。まるで梅干し酒のように、肩に入りすぎた力を抜いてくれる気がするのだ。

「わかりました。ありがとう、要さん。すごく気が楽になりました」

「どういたしまして。とはいえ、もともと悪いのはおれだし」

「悪いのは要さんじゃなくて、そんな仕事を振ったお義兄さんです」

「くそ兄貴に言わせれば、そんな急ぎの改築をやるあの会社が悪いってことになるんだろうけどね」

「それはちょっと八つ当たりなんじゃ……」

「おれのせいでも、君のせいでも、兄貴のせいでもない。それで丸く収まる」

「そういうことにしておきましょうか」

そして、美音はもう一口梅干し酒を呑ませてもらい、それから料理を再開した。

さっき力任せに揉み込んでいた鶏肉に、今度は優しい気持ちで片栗粉をまぶす。多すぎると厚ぼったくなるし、少なすぎると意味をなさない。馨は適量がわからないと嘆くが、美音はもう手が覚えている気がする。梅酢とまじり合って生じるぬめりで、なんとなくわかるのだ。

「出ました『白い粉マジック』！　あのステーキを思い出すよ」

覗き込むように見ていた要が、嬉しそうな声を上げた。

以前、クリーニング屋のタミのためにステーキを焼いた。歯が悪くて噛めないというタミに合わせて、特売の固い肉を片栗粉で柔らかく仕上げたのだが、その際、要にも出した記憶がある。確か彼も香ばしく柔らかいステーキに舌鼓(したつづみ)を打っていた。

過去の料理をちゃんと覚えてくれていることを嬉しく思いながら、美音は鶏肉をフライパンに移す。

部屋中に梅の芳香と鶏肉ならではの香ばしい香りが広がっていく。鶏肉に火が通ったところでバターを落とし、溶けたころを見計らって醤油を一垂らし。最後に千切りの大葉を散らせば出来上がりだった。

「お待たせしました。これはもう是非とも温かいご飯で！」

「リョウ君じゃないけど、飯はどんぶりで！　って言いたくなるな」

「えーっとさすがにこの時間ですし……おすすめできません」

「だよな。腹に肉が付くと困る」

いや、スタイルのことじゃなくて、コレステロールとかあれこれ、と慌てふためいて付け加える美音を、わかってるよと宥めながら、要は早速箸を取る。

「胸肉って結構ぱさつくけどこれはいいな」

「でしょう？　片栗粉のおかげです」

「バター焼きって聞いたとき、もっとくどいのかと思ったけど、梅酢がいい仕事をしてる」

「梅酢焼きって言ったほうがよかったですね」

「ま、どっちでもいいよ、旨ければ」

君がすすめてくれるものに間違いはない、疑ったおれが馬鹿だった、としきりに反省しながら、要はぱくぱく食べ進む。

梅干しには疲労回復効果があると同時に、アルコールの作用を薄める効能もある。お酒を呑む前に梅干しを食べておくと深酔いせず、二日酔いも未然に防げるらしい。塩分の取りすぎにさえ気を付ければ、梅干しは万能食材なのだ。

『ぼったくり』常連のウメが年齢のわりに矍鑠（かくしゃく）としているのは、もともと梅干しが大好きで焼酎（しょうちゅう）にも欠かさず梅干しを入れているからかもしれない。『ぼったくり』で梅干し料理ばかり出すわけにはいかないが、家でならあちこちに梅干しを使うことができる。要だけでなく、自分の身体のためにも梅干しや梅酢をうまく使いたい。

そんなことをぼんやり考えているうちに、要の皿は空になっていた。

「ご馳走さま。あー旨かった！　おにぎりの梅干しはちょっと苦手だけど、こういうのはいいな」

「え、だめですか？　梅干しのおにぎり……」

遠足や運動会、ドライブ……美音の家では子どものころから出かけるときにおにぎりを持っていくことが多かった。その際、梅干しは定番中の定番、何種類か用意される具の中に、梅干しが入っていないことなどない。ひとつだけ具を選べ、と言われれば、美音はかなりの確率で梅干しを選ぶだろう。

だが要は、その梅干しのおにぎりが苦手らしい。好みだから仕方ないとはいえ、美音はちょっと寂しい気がした。ところが、顔色を曇らせた美音を見て、要は慌てて言う。

「あ、大丈夫！　別に食べられないわけじゃないから。ただ、子どものころに食べすぎて飽き飽きしてるだけ」

「食べすぎた？」

「うん。食べすぎたっていうよりも、食べさせられすぎた、っていうのが正解。なんせうちのおふくろ、けっこうな梅干し信者でね。なにかにつけ梅干しを出してくる。おにぎりはその筆頭、遠足だろうが運動会だろうが、とにかく梅干し。部活のお供も当然梅干しのおにぎり」

要は子どものころからずっと野球をやっていた。小学生のころはまだしも、中学、高校時代は朝練があり、たとえしっかり朝食を取って出かけても、授業が始まる前にはお腹がぐーぐー鳴っている。そのまま授業を受けるのは辛すぎる、というので、八重がおにぎりを持たせてくれたのだが、その際の具は決まって梅干しだったそうだ。

「ありがたいことじゃないですか」

朝の忙しいときに、お弁当だけではなく腹の虫押さえのおにぎりまで用意するなんて、さすがは八重だ、と美音は感心してしまう。けれど要は、ちょっと複雑な表情で言う。

「いや、ありがたいよ。ありがたいんだけど、年がら年中梅干し一辺倒ってどうなの？　目茶苦茶変わった具を入れてくれとは言わないけど、たまには鮭とかおかかとか……。友だちの中にはツナマヨとか入れてもらってるやつもいた。あれは旨そうだったなあ……」

「ツナマヨですか……でも、お義母さんはきっと梅干しのほうが身体にいいし、時間がたっても安全だって思われたんじゃないですか？」

忙しい時間に作るおにぎりである。十分冷ませないままに包むこともあるだろう。朝練のあとすぐに食べられればいいけれど、なにかの都合で食べ損ねて休み時間や昼休みまで持ち越すこともあるかもしれない。昼ならまだしも、最悪放課後まで……

放課後の部活を終えて鞄を開けたらおにぎりが入っている。腹ぺこな中高生男子なら、迷いもせずに食べてしまうだろう。そう考えたとき、塩分と酸味が食中毒を防いでくれる梅干しのおにぎりは最良の選択だ。要は迷惑そうな顔で言うけれど、八重はそこまで考えておにぎりを作っていたのだろう。

「なるほどね……それでおれが何を言っても『梅干し一択』だったわけか」

「さすがですよね」

普通なら、子どもの好きそうな具を入れたくなる。当の本人から文句が出ていればなおさらである。それでも八重は梅干しのおにぎりを作り続けた。お腹を壊したりしませんように、部活で疲れた身体が少しでも回復しますように、と祈りながら……

「確かに、朝練が終わって教室に行ってみたら黒板に『本日英単語のテスト』なんて書かれてて、大慌てでやっつけ勉強、おにぎりを食うどころじゃなくなったこともある」

「しかも、何度も？」

「そう。英単語テストも、漢字テストも、課題の提出もたいてい教室に入ってから思い出すんだ。おにぎりは休み時間まで持ち越し、ってことが週に一、二度はあったな」

「やっぱり。お義母さんはそこまで見越してたんですね。文句を言ったら罰が当たりますよ」

「だな。あのころは梅干しなんて貧乏くさい。うちのおふくろはなんてケチなんだ、としか思わなかったけど、ちゃんとおれのことを考えてくれてたんだな……」

受験を経て大学に入り、野球をやらなくなってからも、祖父たちとぶつかったり家を飛び出したりで、母には心配ばかりかけてきた。これからはせいぜい親孝行しないと――食後のお茶を啜りながら、要はしみじみとそんな話をする。

その眼差しの中に、八重を思う気持ちが溢れていて、美音は羨ましくなってしまう。

親に迷惑をかけるのは子どもの仕事、という考え方もある。存分に迷惑をかけられるのは、親子の信頼関係があるからだ、ともよく言われる。要のように当時を振り返り、ひどかった自分を反省してこれからは親孝行を……と思う人も多いだろう。

だがそれは、親がいてこそである。美音のように早くに親を亡くしてしまうと、十分な親孝行ができないまま後悔だけが残ってしまう。日頃は『ぼったくり』を守ることが親孝行だと考えているが、要と八重を見ているとやはり羨ましくなってしまうのだ。

「私も、直接恩返しができればよかったのに……」

思わず漏れた独り言に、要がはっとしたように言う。

「ごめん、おればっかり……」

「私こそごめんなさい。いない者はいないんだからしょうがないのに……。そもそも、あんなに早く逝っちゃううちの親が悪いんです」

「とはいってもね……」

「大丈夫です。でもお義母さんには、うんと長生きしていただかないと、要さんの『悪行』は拭いきれませんよ」

悪行って……と苦笑しつつ要は言う。

「大丈夫。うちのおふくろは長生きの家系だよ。身体が弱そうに見えるけど、意外にしぶとい。きっと九十か百まで余裕で生きるよ。長生きすぎて、もう勘弁してくれーって言いたくなるかもしれない。っていうか、おふくろはおふくろで、もういい加減にして、って思ってるかもな。いくつになっても親は親、子どものことを心配するのはやめられない、ってよく聞くし」

「確かに……。そう考えると、子育てって本当に大変ですね。保育所さえあれば大丈夫ってことでもなさそう……」

いくら環境が整っていても、親自身の心構えが伴わなければとてもじゃないがやっていけない。親業というのはそれぐらい大変な仕事だ、と美音は考え込んでしまった。

「まあね……でもまあ、あんまり考えすぎてもよくないよ。心配ばっかりしてたら子どもなんて持てない。最初から完璧な親である必要もないしね」

子どもを持って初めて親になる。親が子どもを育てると同時に、子どもが親を育てる。一緒に育っていくつもりでいれば、なんとなくうまくいくような気がする、と要はにっこり笑う。

そして不意に、眉間に皺を寄せて言った。

「とはいえ……おれの子どもなら悪さばっかりするだろうな……。どうせ散々心配させられるから精神力がないともたないし、恩返ししてもらえるまで長生きしなきゃならないから体力も必要」

鍛えないと大変だ、と真面目な顔で心配している要を見て、美音はちょっと嬉しくなる。

結婚した以上、子どもをどうするかというのは当然出てくる話だ。だがふたりは、お互いの忙しさに紛れて子どもについて話し合ったことがなかった。

美音自身は子どもが好きだし、いつかは欲しいと考えていたが、要の考えはわからなかった。猫の『タク』をかわいがっていることは知っているが、動物は好きだが子どもはちょっと……という人もいる。要ももしかしたら子どもはいらない、夫婦の生活を満喫したいと考えているのかもしれない、と思っていたのだ。

だが、今の話を聞く限り、要はいつか自分が親になることを前提にしていた。保育所を作る仕事の話にしても、羨ましさが見え隠れしていた。おそらく、自分もその保育所を利用したいという気持ちの表れだろう。

要は子どもを持つことに否定的ではない。ただ時期を待っているだけなのだ。ふたりにもっと時間があれば、とっくに子どもについての相談ができていたに違いない。

多忙な仕事を抱える中、どのタイミングで産み、どうやって育てていくかというのはとても難しい問題だ。そもそも授からない可能性だってある。けれど、とにかく夫婦がともに『いつか子どもを持ちたい』と考えている。それは美音にとって嬉しい発見だった。

「要さんは日頃から鍛えてるから大丈夫でしょう？　私のほうが問題です」

「君には鉄壁の精神力がある。風邪だってあんまり引かないぐらいだから、体力もある。運動神経と筋力は怪しいけどね」

「どうせ運動音痴ですよ！」

「あはは、ごめんごめん。とにかく君は大丈夫。でも運動神経と筋力は心配しなくていいよ。もしもそっち方面で子どもがぶつかってきたら、全面的におれが引き受ける」

「では私は、せっせと梅干しのおにぎりを握ることにします」

「うへえ……」

やっぱり梅干しかあ……と要が頭を垂れた。
スポーツバッグにおにぎりを突っ込んで早々と登校する息子と遅刻寸前なのに朝食をのんびり食べている娘。美音は息子の背中に、小テストの準備はしたの？ と叫び、振り返って娘に、急がないと遅れるわよ！ と注意する。
要は、小テストなんて始業前の五分でなんとかなる、とか、朝飯ぐらいゆっくり食わせてやれよ、なんて弁護に回るだろうし、それがきっかけで夫婦喧嘩が始まるかもしれない。
だが、たとえ喧嘩になったとしても、要はこれ幸いと『奥の手』を繰り出し、簡単に仲直りしてしまうに決まっている。子どもたちは、寝る前は喧嘩していたのに朝になったらいちゃつきまくっている両親に目をぱちくり……。その表情は、きっと昔の美音に瓜二つに違いない。

賑やかで慌ただしく、それでいて限りなく温かい——そんな未来が目に浮かび、美音は目尻が下がるのを止められなかった。

燗酒いろいろ…

冬の最中だけではなく、雨が降って肌寒い日、辛いことがあって心が冷えたような日、お腹の底から温めてくれる燗酒は本当にありがたいものです。
一口に『燗酒』といってもいろいろ。ここではお燗の温度による呼び方の違い、そして昔からある燗酒のアレンジについてまとめてみました。いろいろな燗酒をぜひお楽しみください。

《お燗の温度》

・日向燗（ひなたかん）	三十度ぐらい
・人肌燗（ひとはだかん）	三十五度ぐらい
・ぬる燗（ぬるかん）	四十度ぐらい
・上燗　（じょうかん）	四十五度ぐらい
・熱燗　（あつかん）	五十度ぐらい
・飛切燗（とびきりかん）	五十五度以上

《アレンジいろいろ》

・ヒレ酒	フグなどのヒレを焦がして熱燗を注ぐ
・骨酒	焼いた鯛の骨に熱燗を注ぐ
・卵酒	溶き卵に熱燗を注ぐ
・梅干し酒	熱燗に梅干しと塩昆布を加える
・桜酒	塩漬けの桜の葉を入れる
・蕎麦湯割り	蕎麦湯で割り、少量の塩と七味を入れる
・出汁割り	おでんの出汁で割る

人情あふれる居酒屋譚、大好評発売中!!
居酒屋ぼったくり
1〜7
【原作】秋川滝美
【漫画】しわすだ
なんとも物騒な名前のこの店には
旨い酒と美味しい肴暖かい人情がある!
シリーズ累計133万部突破!(電子含む)
居酒屋ぼったくり 7
【原作】秋川滝美
【漫画】しわすだ
133万部突破!!
物騒な名が入った暖簾をくぐれば
店主の優しさに心と胃袋が満たされる!
傑作居酒屋人情譚、コミカライズ第7巻!
東京下町にひっそりとある、居酒屋「ぼったくり」。なんとも物騒な暖簾のかかるその店では、店を営む姉妹と客達の間で日々、旨い酒と美味しい料理、誰かの困り事が話題にのぼる。そして、悩みを抱えて暖簾をくぐった人は、美味しいものと義理人情に触れ、知らず知らずのうちに身も心も癒されてゆく――。
◉B6判 ◉各定価:748円(10%税込)
Webにて好評連載中!
アルファポリス 漫画
検索

きよのお江戸料理日記
1~3
秋川滝美（あきかわたきみ）
「居酒屋ぼったくり」著者の新境地!!
身も心も癒される
絶品ご飯と人情物語
訳あって弟と共に江戸にやってきたきよ。父の知人が営む料理屋『千川』で、弟は配膳係として、きよは下働きとして働くことになったのだが、ひょんなことからきよが作った料理が店で出されることになって……
江戸の料理に旋風を起こす!?
◎各定価：737円（10%税込）
©Illusraiton：丹地陽子

鬼束くんと
神様のケーキ
Onitsuka-kun and God's Cake
御守いちる
Ichiru Mimori
神様やあやかしたちのお悩みも、
強面パティシエの
絶品ケーキで
ほっこり解決!!
突然住む家を失った大学一年生の綾辻桜花。ひょんなことから、同じ大学に通う、乱暴者と噂の鬼束真澄がパティシエをつとめるケーキ屋「シャルマン・フレーズ」で、住み込みで働くことになったのだが……実は「シャルマン・フレーズ」には、ある秘密があった。それは、神様やあやかしたちが、お客さんとしてやってくるというもので――
鬼束くんと
神様のケーキ
強面パティシエの
絶品ケーキで
ほっこり解決!!
◎定価：726円(10%税込)　◎ISBN 978-4-434-30735-5　◎Illustration:春なつは

神様のごはんで、今夜も心まで満腹です！
憑かれた私とワケあり小料理屋
Shinya no Haitoku Ayakashi meshi
深夜の背徳あやかし飯
ミズメ
Mizume
仕事で落ち込んでいたOLの若葉は、
見慣れない小料理屋を見つける。
そこで不思議な雰囲気のイケメン店主・千歳と
謎のモフモフ子狐と出会う。千歳曰く、
ここはあやかしが集まる店で、この子狐は若葉に
取り憑いているらしい……。混乱する若葉だが、
疲れた心に染みわたる千歳の美味しい料理と、
愛くるしい子狐の虜になってしまい——!?
ほっこり美味な神様印のあやかし飯屋、今宵も開店！

店長を務めていた雑貨屋が閉店となり、意気消沈していた真璃（まり）。ある夜、つい飲みすぎて居眠りし、電車を乗り過ごして終点の京都まで来てしまった。仕方なく、祇園（ぎおん）の祖母の家を訪ねると、そこには祖母だけでなく、七福神の恵比寿を名乗る謎の青年がいた。彼は、祖母が営む和雑貨店『七福堂（しちふくどう）』を手伝っているという。隠居を考えていた祖母に頼まれ、真璃は青年とともに店を継ぐことを決意する。けれど、いざ働きはじめてみると、『七福堂』はただの和雑貨店ではないようで——

◉定価：726円（10%税込）　◉ISBN:978-4-434-30325-8

◉Illustration：睦月ムンク

本書は、2019年12月当社より単行本として刊行されたものを文庫化したものです。


この作品に対する皆様のご意見・ご感想をお待ちしております。

おハガキ・お手紙は以下の宛先にお送りください。

【宛先】

〒150-6008 東京都渋谷区恵比寿4-20-3 恵比寿ｶﾞｰﾃﾞﾝﾌﾟﾚｲｽﾀﾜｰ 8F
（株）アルファポリス　書籍感想係

メールフォームでのご意見・ご感想は右のＱＲコードから、
あるいは以下のワードで検索をかけてください。

アルファポリス　書籍の感想　検索

ご感想はこちらから

アルファポリス文庫

居酒屋ぼったくり　おかわり！

秋川滝美（あきかわたきみ）

2020年　11月 25日初版発行
2022年　 9月 15日２刷発行
編集－塙 綾子
発行者－梶本雄介
発行所－株式会社アルファポリス
〒150-6008東京都渋谷区恵比寿4-20-3 恵比寿ｶﾞｰﾃﾞﾝﾌﾟﾚｲｽﾀﾜｰ8F
TEL 03-6277-1601（営業）　03-6277-1602（編集）
URL https://www.alphapolis.co.jp/
発売元－株式会社星雲社（共同出版社・流通責任出版社）
〒112-0005 東京都文京区水道1-3-30
TEL 03-3868-3275
装丁・本文イラスト－しわすだ
装丁・中面デザイン－ansyyqdesign
印刷－中央精版印刷株式会社

価格はカバーに表示されてあります。

落丁乱丁の場合はアルファポリスまでご連絡ください。

送料は小社負担でお取り替えします。


ISBN978-4-434-28123-5 C0193